Habitaciones de paso

Coordinadoras:

Ana Marben

Amelia Jiménez Graña

© De los textos: Almudena Villalba Organero, Amelia Jiménez Graña, Ana Lozano Cantó, Ana Martínez Benlliure, Ángela Sahagún Bonet, Aurora Rapún Mombiela, Belén Perelló, Cristina Cifuentes Bayo, Eva Martínez Dinnbier, Françoise-Claire Buffé Moreno, Gema Blasco, Ginés J. Vera, Humberto Belenguer, Irene Lado Monserrat, Isabel Cortijo, Lou Valero, Lucrecia Hoyos, Luis Jurado Quesada, Maika Navarro, Magdalena Carrillo Puig, María Codoñer Prieto, Mary Carmen Delgado Barranquero, Susana Gisbert Grifo, Teresa López López.

© Del diseño de la cubierta: Isabel Guijarro Blanco

Corrección de textos: Ana Marben y Amelia Jiménez Graña.

Edición e impresión por BoD – Books on Demand

info@bod.com.es – www. bod.com.es

Impreso en Alemania – Printed in Germany

ISBN: 978-84-137-3069-1

«No hay barrera, cerradura ni cerrojo que puedas imponer a la libertad de mi mente».

Virginia Woolf

«Sal y haz algo. No es tu habitación la que es una prisión, eres tú misma».

Sylvia Plath

«Los cuentos bonitos siempre hacen perder la noción del tiempo y, gracias a ellos, nos salvamos del agobio de lo práctico».

Carmen Martín Gaite

PRÓLOGO

Hojeábamos el último libro colectivo en el que habíamos contribuido con un relato cada una, cuando una idea nos asaltó: ¿Podríamos nosotras hacer lo mismo? ¿Seríamos capaces de coordinar a un grupo de escritoras y escritores? ¿Lanzar una propuesta con gancho?

Estábamos al aire libre, sentadas en el banco de un parque, cerca de la estación de tren, cubiertas nuestras expresiones por la mascarilla reglamentaria y manteniendo la distancia de seguridad. Vivir una situación distópica quizá estaba afectando a nuestras cabezas.

El año de la pandemia había sido raro. Y, sin embargo, tuvimos muchas alegrías. Por fin habíamos publicado juntas un libro de relatos y hasta habíamos conseguido presentarlo en público, aprovechando el optimismo del verano. Habíamos mantenido vivo un blog durante varios años, escribiendo en semanas alternas y consiguiendo que siguieran nuestras historias desde cualquier lugar del mundo. Teníamos que avanzar y no sabíamos muy bien hacia dónde. Así que… ¿por qué no hacernos editoras?

El objetivo no tuvo discusión: El Día Internacional de la Mujer. Después de años de sequía de personajes protagonistas femeninos, más allá de las historias románticas, ahora parecen estar de moda. Así que lanzamos la propuesta: queríamos relatos que trataran sobre una mujer, en primera, segunda o tercera persona. Y como la extensión de cada cuento no podía ser muy grande, fijamos un lugar concreto: la habitación de un hotel. Allí, nuestras mujeres tendrían que sufrir o disfrutar, reflexionar o tomar decisiones. Dónde o cuándo lo dejábamos en manos de las y los participantes. Lo importante es que fuera un lugar de paso, un momento efímero, con caducidad. Para aderezar la propuesta, pusimos como condición que la habitación estuviera en un hotel céntrico, cerca de una estación de tren, en la recepción debería haber un sofá negro con cojines blancos y un ramo de flores violetas. En el dormitorio, que podía ser pequeño o lujoso, habría una ventana, un baño, una televisión y un teléfono.

A partir de ahí, todo estaba permitido. No exigíamos historias reivindicativas, mujeres sensacionales o grandes dramas. Solo queríamos historias y mujeres y habitaciones de paso.

Difundimos la idea entre nuestras amistades y a través de redes sociales. Y contuvimos la respiración. ¿Alguien querría publicar con nosotras? ¿Y si no era una buena idea?

Y, poco a poco al principio, y más rápido conforme se acercaba el final del plazo, llegaron los relatos. Distópicos, románticos, de género negro o policíaco, fantásticos... Mujeres protagonistas que nos contaban su historia de superación, de cambio. Mujeres víctimas que eran observadas por otras mujeres o por otros hombres. Historias diversas, divertidas unas y dramáticas otras. Nos cautivaron las narraciones y la variabilidad. El hotel, que en nuestras cabezas estaba cerca de la Estación del Norte de Valencia, podía estar en París, en Madrid o en Barcelona, en un pequeño pueblo de la Mancha o en un lugar indeterminado. Podía formar parte de la historia, mezclarse con nuestros días o asomarse a un oscuro futuro. Podía haber magia y hasta fantasmas. Todas nuestras protagonistas se sentaron, se reclinaron o, al menos, observaron el sofá negro que, en ocasiones era cómodo y nuevo y en otras estaba raído. Las flores han sido violetas, margaritas, iris o lirios y, en más de una ocasión, de plástico.

La riqueza de la imaginación de estas diecinueve mujeres y tres hombres que han sumado su esfuerzo para que *Habitaciones de paso* fuera posible ha sido impresionante. Nosotras, además de la tarea de corrección y coordinación, hemos sumado nuestro peculiar punto de vista a la situación.

Esperamos que lo disfrutes. Seguramente los errores son fruto de nuestra inexperiencia y los aciertos son gracias a todas esas personas que han colaborado con nosotras.

Si llega este libro a tus manos y te gusta, por favor, difúndelo en tus redes sociales, cuéntaselo a tus amistades, recomiéndalo. Nuestra intención es donar todos los beneficios a alguna organización que defienda los derechos de las mujeres, porque sin duda ellas tienen, tenemos, mucho que contar.

Agradeceremos cualquier comentario, sugerencia e incluso crítica a *52relatosymedio@gmail.com*

Amelia y Ana (lectoras, escritoras y, ahora, editoras).

UNA HABITACIÓN CON PISTAS

Almudena Villalba Organero

ALMUDENA VILLALBA ORGANERO. Coautora en antologías: *Apagué la luz, La fiambrera, Perlas en la charca, Diez voces*, con el grupo Charca literaria. Con Valencia Escribe, *El tiempo y la vida, Cuentos de las estaciones, A punta de relato, Relatos con banda sonora. 101 crímenes de Valencia* con Vinatea editorial. *Vientos para una pluma* de editorial Acen. Primer premio del público y finalista del jurado en Club de escritura Fuentetaja, con *Ángel*, publicado en antología *Letras contra la pobreza y la exclusión social*. Existe el cortometraje anónimo, seleccionado en varios certámenes y Primer premio de Atlanta. Ediciones de letras la publicó en su antología *Aforismos*. Con Diversidad Literaria, *Erotismo en estado puro, Porciones del Alma, Luz de luna, Tragedias poéticas, Versos desde el corazón, Sensaciones y sentidos*. Seleccionada en la antología *Relats* del concurso de Avafi (Asociación Valenciana de fibromialgia). Primer premio con el relato *Promesa de fuego* en el VI concurso literario José Ferrer ESCLAFIT de la falla Els Chuanos, publicado en su libro de fiestas en Alicante. Dos relatos publicados en los libros de fiestas de Náquera. Su primera antología de relatos en solitario, *Narrando hasta la orilla*, fue publicada en la editorial Tepublicamos. Coautora en las antologías *Mujeres pintoras* y *Mujeres en el arte*.

Cuántas preguntas se habría ahorrado Helena si aquella mañana, mientras seleccionaba lo que quería conservar de su difunta madre, una voz interior, una intuición, un leve escalofrío premonitorio hubiera impedido que su mano se aproximara al pomo del cajón de la cómoda, que le abriría la puerta a un pasado tan diferente al que ella conocía.

No podía controlar los nervios mientras se acercaba con paso firme a la puerta del hotel donde había quedado con su hermano. La idea la había sacado de alguno de tantos libros de autoayuda que había leído: «Lo mejor es buscar un sitio neutral, diferente a todo lo conocido, para que las emociones que inspiran los recuerdos no interfieran en lo que quieres expresar». Así que eligió un hotel céntrico, modesto y cercano a la estación de tren. No deseaba demorarse en el paseo que la llevaría a su objetivo. Alcanzó el vestíbulo y esperó sentada en el sofá negro con cojines blancos de la recepción. Reparó en el jarrón con flores violetas que adornaba la mesa que se situaba justo delante del sofá. Sonrió recordando la alegría que embargaba a su madre cuando cantaba *Un ramito de violetas*. Eran tan pocas las veces en las que solía hacerlo,

13

pensó. Miró el reloj que colgaba de la pared y notó el corazón latir casi tan rítmicamente como el tictac del mismo.

Harta de esperar y, consciente de que su enfado iba en aumento, a pesar de que no hubiera nada imprevisto en esa situación, pues conocía la informalidad de su hermano, decidió continuar la espera en la habitación que había reservado. Pidió la llave en recepción y subió al primer piso. La estancia era sencilla: una cama de matrimonio, una ventana que daba a la estación, una mesa escritorio enfrente de la cama, en la que descansaba un pequeño televisor de pantalla plana, y un cuarto de baño que visitó con urgencia en cuanto accedió a la estancia. Habían transcurrido unos treinta minutos desde la hora acordada cuando oyó unos pasos que recorrían el pasillo, cada vez más nítidos, que delataban su proximidad.

¡Qué diferentes sonaban aquellos pasos a los que escuchó retumbar dentro de la iglesia el día del funeral de su madre! Nunca creyó que su hermano tuviera la poca vergüenza de aparecer por allí, había salido de la cárcel para acudir a despedirse de ella. Tampoco pensó que le dirigiría la palabra, por eso cuando pronunció aquel «Hola, hermana. ¿No vas a decirme nada?», la caja de los truenos se abrió para escupirle a la cara cada llanto de su madre, cada ausencia, cada uno de los días en que la tristeza la arropaba con un manto de invisibilidad.

«¿Tu madre? ¿A la que llevas años sin ver? ¡Qué poca vergüenza! ¡Nunca creí que fueras capaz de aparecer justo hoy! ¿Por qué lo has hecho? ¿Para dormir tranquilo? ¿Acaso tienes conciencia? Pues te voy a decir lo que eres:

¡Eres un mal hijo y un mal hermano! ¡Un monstruo sin corazón, repugnante y malnacido! ¡Un ser despreciable!».

Poco le importó que estuviera custodiado por dos policías y que aquellos testigos intentaran calmarla, incluso apretándole demasiado el brazo para que se apartara. El dolor que en ese momento sentía traspasaba la piel y se convertía en una coraza infalible incluso para el tacto humano.

Helena, recordando aquel día, no supo si sonreía por los nervios o por rememorar el inesperado desenlace en el que la urna, que contenía las cenizas de su madre, salió volando junto con aquella parrafada en dirección a su hermano y cómo los restos se desparramaron por la acera. Se alegró, claro que lo hizo, cuando vio la cara horrorizada de su hermano. Entonces soltó una sonora carcajada y, aunque los demás pensarían que estaba loca, lo que oyó en realidad era la voz de su madre que le decía: «Haberle atizado con ella en la cabeza».

Dos golpes en la puerta la sacan de sus evocaciones, suspira y abre despacio. Observa a su hermano, moreno, alto, con los ojos de un verde aceitunado sobre dos medias lunas oscuras, que supone se han quedado marcadas tras numerosas noches de insomnio frente a los barrotes de la celda. No siente ninguna compasión por él, el odio es el cepo de la empatía, el abono de los malos deseos y la justificación del karma. Había sido el causante de la pena que cubrió a su madre durante buena parte de su vida.

—Hola, hermana. ¿Por qué me has citado? Supongo que no será para darme la enhorabuena por haber conseguido el tercer grado.

—No...

Helena no quiso perder ni un minuto y fue directa al grano.

—Toma. —Le extendió un par de folios y preguntó—: ¿Puedes explicarme qué significa esto?

No hizo falta que Cristian lo leyera, sabía de sobra de qué se trataba: era el historial médico de su madre. Solo se detuvo unos segundos en la conclusión médica: «Víctima de agresión sexual». Helena, al ver que no decía nada, comenzó a preguntar:

—Es de mamá, ¿sabes quién fue?

No pudo evitar pensar en su padre, en realidad ese era el motivo por el que le había pedido verse con tanta urgencia. Era imposible que el hombre más importante de su vida, al que adoraba, el único capaz de impedir que su infancia y adolescencia se hubieran convertido en un agujero negro, por el que se habría precipitado sin remedio junto a su madre, fuera una especie de monstruo con cara de bonachón y capaz de contarle las más bellas historias. Recordó el día en que le dijo: «¿Sabes por qué te llamas Helena con hache? Porque la hache no es muda, a pesar de lo que la mayoría de la gente piensa. Si no, ¿por qué crees que amor no lleva hache y, sin embargo, huida sí? Pues porque el primero es incompatible con huir ante las adversidades. Y, ¿por qué la amistad tampoco la lleva? Pues porque no se puede ser hostil con los amigos. Y, lo más importante, ¿por qué tu nombre sí? Porque eres y siempre serás mi preciosa heroína». No, ese hombre jamás haría algo tan horrible, se dijo.

No obstante, temía la respuesta de su hermano, así que pronunció la pregunta más difícil que haría en toda su vida:

—¿Fue papá?

Qué cruel es tragar saliva y aguantar mientras visualizas cómo tu ídolo pende del hilo de una respuesta para desvanecerse para siempre.

—No, Helena. ¡Claro que no fue él! Siéntate, ha llegado el momento de que te cuente…

Helena obedeció. Lo hizo lentamente, intentando retrasar lo más posible lo que suponía sería una vuelta a un pasado sin retorno, extraño, como de otra vida ajena a la suya y a la vez tan propio:

—Papá ni siquiera se enteró, solo lo sabía su amiga Alejandra. Mamá nunca quiso decir quién lo había hecho.

Helena suspiró aliviada, pero aún quedaban más preguntas críticas:

—¡¿Por qué la mataste?! Era la mejor amiga de mamá, su gran apoyo. Me lo acabas de confirmar. ¿Qué puede ser tan grave para que te la cargaras? Dime, Cristian, dime.

Cristian se tomó su tiempo y empezó a contar:

—Alejandra era la única que sabía lo que había ocurrido, como te he dicho antes, pero amenazaba a mamá con decírselo a papá. Una vez las oí discutir muy fuerte, me acerqué a la puerta y escuché cómo le pedía a mamá dinero, decía que no quería hacerlo, pero que le iban a embargar el piso y tenía que pensar en su familia. Mamá le pedía que se calmara y le decía que no tenía ese dinero. Entonces cogió a mamá del brazo y la empujó, mamá se cayó. Oí el golpe y no pude contenerme. La aparté de ella con todas mis fuerzas, con tan mala suerte que se dio con la cabeza en la esquina de la mesa del salón. Te juro que no quise que pasara, fue un accidente….

Por primera vez Helena sintió lástima por su hermano, no comprendía por qué había sido un tema tabú durante todos aquellos años. Si hubiera sabido la verdad, quizá habría ido a visitarlo a la cárcel alguna vez. Su historia lo cambiaba todo. Entonces, cayó en otro dato significativo:

—Cristian, mira la fecha del parte. Justo a los nueve meses nací yo. ¿Es posible que…?

No terminó de formular la pregunta ya que a la cabeza le vino una frase que su padre había pronunciado a menudo, y que ella no llegaba a comprender: «Parece mentira, hija, que tú seas la que más te parezcas a mí».

Su hermano no contestó. Helena reconoció que todos los años que habían transcurrido de odio y distanciamiento nunca se podrían recuperar, que jamás se protegerían como el resto de hermanos, ni se querrían como tales. Hay llagas que son tan profundas que jamás cicatrizan y menos con una simple confesión. Aunque hay gestos que rubrican el amor más allá de las palabras, por eso, Helena nunca le dirá a su hermano que su padre sabía que no era su hija, y Cristian jamás le contará que quien empujó a Alejandra no fue él sino su madre.

CAMBIO DE AIRES

Amelia Jiménez Graña

AMELIA JIMÉNEZ GRAÑA. Estudió Traducción e Interpretación en la UJI (Castellón) por amor a la comunicación, a los idiomas y a otras culturas. Desde 2005 trabaja en un colegio concertado de Valencia como profesora de Inglés y Francés de ESO.

Ganadora del I Concurso de Relatos a la carta, de Ediciones Saldubia (2014) y del II Premio del Certamen de Relato Corto Club de Lectura Ateneo de Valencia (2016). Seleccionada en el V y el VIII Premio Internacional de Mujeres Viajeras (2013, 2016), así como en el Concurso *El arte del microrrelato* de Russafart (2016). Ganadora de un accésit del IV Concurs de Microrelats de Godella (2018). Sus relatos han aparecido en las antologías *A punta de relato* y *Cada vez más iguales* del colectivo de escritores Valencia Escribe. Ha colaborado con la Editorial Vinatea en el libro benéfico *101 crímenes de Valencia*.

Coescribe desde 2015 el blog *52 relatos y medio* (52relatosymedio.wordpress.com) con la autora valenciana Ana Martínez Benlliure (Ana Marben), con quien ha publicado en 2020 la colección de relatos *¿No te parece raro?* En 2020 también ha publicado su primer libro de relatos en solitario *Dos pájaros de un tiro*. Esta es su primera incursión en el mundo de la edición.

Llegó al hotel al atardecer, tras coger dos autobuses y caminar un rato arrastrando la maleta. Un rótulo desgastado por la lluvia y el tiempo anunciaba la entrada, algo oscura, alumbrada apenas por una lámpara de techo antigua. Pulsó el timbre de recepción y, mientras esperaba al o la recepcionista, se sentó, cansada, en un sofá de cuero negro más cómodo de lo que parecía a primera vista. Era algo viejo y estaba raído en algunas partes. Se recostó sobre dos cojines que debían haber sido blancos en otros tiempos y pedían a gritos una lavada de fundas. Un triste ramo de flores violetas se marchitaba en un jarrón a pocos metros de ella. Aunque se fijó en aquellos detalles, no le importaron demasiado. Había cosas más urgentes en las que pensar.

—¿Qué desea, señora? —preguntó un hombre moreno, aparecido de la nada. Debía de rondar los cincuenta años y, aunque se le veía buena planta, encorvaba ligeramente los hombros, como si padeciese alguna dolencia.

—¿Tiene una reserva a nombre de Antonio López Torrejón? —preguntó, en voz baja.

El recepcionista la miró de reojo. Acostumbrado a no pedir documentos de identificación, al alquiler de habitaciones por horas, a nombres falsos, rebuscó en una agenda gigante la confirmación de la reserva. Entre los distintos garabatos escritos con bolígrafos de varios colores, encontró el nombre. No solía preguntar, solo hacer su trabajo en ese hotel, lo suficientemente cercano a la estación como para ser lugar de paso para aves viajeras.

Esa mujer le pareció distinta a las que solían aparecer por allí. El tal Antonio era afortunado al tener una amante como aquella, reflexionó. Estaba claro que no podía ser otra cosa. El cabello negro y lacio le caía con suavidad por los hombros y los ojos, de un azul desvaído, lo contemplaban con una mezcla de impaciencia y tristeza. Tenía una belleza peculiar y sus rasgos parecían esculpidos con un cincel, como si de una madona se tratase. Vestía ropas de mujer decente, no de esas estridentes y propias de las reinas de la noche que salían a las calles próximas. Aunque discreto y prudente, no apreciaba en absoluto el modo de vida de aquellas mujeres, vendedoras de placeres efímeros y propagadoras de enfermedades venéreas. El trabajo era trabajo y, a pesar de los horarios algo irregulares, hacía la vista gorda ante los comportamientos que calificaba de poco adecuados.

—Acompáñeme, por favor —le indicó, tras comprobar las habitaciones disponibles y coger una llave del casillero.

La ayudó con la maleta, que no pesaba demasiado. Subieron en silencio por la escalera, forrada de terciopelo rojo. Ella no parecía muy habladora y a él le costaba iniciar conversaciones que no llevaban a ninguna parte. En el primer piso, al pasar por las primeras habitaciones, se escucharon algunos jadeos y grititos, que el recepcionista trató de ignorar. Miró hacia atrás y vio la cara de preocupación de la visitante. Quizás era la primera vez en un hotel de aquellas características o aún no se había acostumbrado a los encuentros con su amante.

Llegaron a la habitación, la 105. Introdujo la llave en la cerradura y abrió la puerta, que chirrió como en una de las historias de terror que escuchaba en la radio. El recepcionista encendió la luz y depositó la maleta en una silla.

—Aquí tiene. Si necesita algo, no dude en llamarme. Marque el cero —le dijo, para despedirse—. Estaré hasta mañana.

—Gracias —musitó la mujer—. ¡Espere! Despiérteme mañana a las cinco, por favor. ¿Su nombre es…?

—Juan. De acuerdo. Ahora lo anoto. No se preocupe —dudó un poco y preguntó—: ¿Tardará en llegar el señor López?

—No estoy segura —contestó ella, algo incómoda.

El recepcionista le hizo un gesto de asentimiento y se marchó, pensando en qué tendría el tal Antonio para embaucar a un pajarillo como ella.

Al cerrarse la puerta, la mujer suspiró. Se sentó encima de la cama y miró a su alrededor. El sitio no estaba mal del todo: una cama cubierta por una colcha de flores, a juego con las cortinas, una mesita de noche y un escritorio de madera bruñida, el teléfono que debía usar si necesitaba algo, un televisor viejo colgando de la pared y la silla con su maleta.

Se quitó los zapatos de tacón y se frotó los pies, doloridos por la caminata hasta el hotel. Entró en el cuarto de baño y se miró en el espejo, rayado en una de las esquinas. Estaba cansada, pero se sentía feliz por primera vez en mucho tiempo. Se desnudó despacio y contempló su cuerpo. Las heridas de la piel iban cicatrizando, pero las del corazón y el alma tardarían un poco más.

Su plan era coger un tren con destino a la capital al día siguiente, a primera hora de la mañana. Le había costado ir juntando el dinero necesario para sus planes. Recordó las horas pasadas en el bar del pueblo, sirviendo cervezas y cafés a los clientes asiduos, que casi nunca dejaban propina. Engañaba a sus padres diciendo que ganaba menos, para no tener que entregarlo, y guardaba en una caja de galletas danesas lo que les sisaba. En ocasiones, alguno de esos clientes pedía servicios especiales a altas horas de la noche y, le gustase o no, se veía obligada a realizarlos, siempre a cambio de unos billetes, que engrosaban el montón de la caja de lata.

Además, hacía pequeños recados a su vecina, doña Paquita. Vivía en un tercero sin ascensor y la pobre anciana, aparte de perder la cabeza a ratos, carecía de la fuerza necesaria para ir a comprar al economato y llenar la despensa, fregar los platos, o incluso planchar. Le sabía mal aceptar su dinero, pues la pensión que cobraba no era muy abundante, pero la pobre mujer siempre le insistía, haciéndole ver que sus servicios le eran muy necesarios.

Sacó de la maleta un pijama de hombre, el más aseado que pudo encontrar en su casa, y se lo puso.

Abrió la ventana, que daba a la calle de la estación. Ya oscurecía y las farolas se acababan de encender. Respiró el aire viciado de la ciudad y tuvo la sensación de que era mucho más fresco que el del pueblo del que provenía. Al menos no le llegaba el olor a puros de los clientes del bar o de los cigarrillos de tabaco negro que fumaba su padre y que, a veces, apagaba en sus brazos o piernas, cuando mostraba la furia que encerraba dentro de su cuerpo.

Miró el contenido de la caja de galletas una vez más, haciendo cuentas mentales del dinero que le quedaba para sus planes. Destapó la colcha de flores y se metió entre las sábanas, limpias aunque demasiado usadas. Se quitó la peluca para no aplastarla y la dejó en la mesita. Se acarició el pelo corto y la cicatriz de la nuca. Los recuerdos acudieron a su mente como un fogonazo, pero los desechó enseguida. No quería permitirse ni un momento más de dolor y, aunque siempre tendría la marca en la cabeza, el olvido era la mejor cura para sus males.

No le costó mucho conciliar el sueño, pero tuvo pesadillas toda la noche. Siempre había padecido de nervios y pensar que, quizás, su familia la estaba buscando, la hacía presa de los peores temores. No quería ni podía volver a casa. Ya no.

El sonido del teléfono la despertó. Al otro lado del auricular, la voz del recepcionista la ayudó a despejarse: «Son las cinco, señora».

Se metió en la ducha a toda prisa, sacó un vestido de la maleta (el último que le había robado a su hermana) y se vistió. Delante del espejo, se colocó la peluca con destreza y se pintó la raya de los ojos con un lápiz kohl y los labios, de un rojo intenso.

El reloj de pulsera que le había regalado doña Paquita señaló que eran casi las seis. Tenía tiempo de sobra para recoger sus cosas, tomar un café (los nervios le impedían comer nada más) e ir a la estación a comprar el billete.

Extrajo una cartera de la maleta y sacó su documento de identidad. Con un boli negro pintó un rabito en la o de Antonio. Contempló el nombre, ahora cambiado: Antonia López Torrejón. Se sintió un poco más cerca de la libertad.

LA BUENA PASTA

Ana Lozano Cantó

ANA LOZANO CANTÓ. Maestra de Primaria y Licenciada en Pedagogía y Ciencias de la Educación. Se ha formado en los cursos de escritura creativa impartidos en la Facultad de Filología y Traducción de Valencia y, sobre todo, en Bibliocafé. Dio el salto a la escritura con el relato de corte histórico-romántico *Anhelo* publicado en *152 Rosas Blancas* (2013, Editorial Divalentis). Ha escrito microrrelatos para las antologías *Tinta, pluma y papel* (2013) y *Otoño e Invierno* (2014), de Editorial Diversidad Literaria. Ha publicado con Serial Ediciones (Grupo MTM) en *Veinte relatos para trayectos cortos* (2014) y en 2015 participó en la I Antología de Relato Corto. Con la Editorial MaLuma publicó en el libro *Nuevos relatos para trayectos cortos* (2016), y en *Un trayecto una historia* (2018). Ha participado en los libros *Treinta mujeres fascinantes de la historia de Valencia* (2017), y en *Mujeres en construcción, perdonen las molestias* (2018), de Editorial Vinatea. Uno de sus relatos fue seleccionado para *Entre Bambalinas*, 2016, Generación Bibliocafé, el libro conmemorativo de los 100 años del Teatro Olympia de Valencia. Con el colectivo de Valencia Escribe ha colaborado en los libros: *Galería de Cuentos*, 2017, *A Punta de Relato*, 2019, y *Cada vez más iguales*, 2020.

—Una gran estudiante, sobre todo para las letras. Tienes una memoria excelente —nos informó la tutora—. Yo que tú me dedicaría al Derecho —me recomendó mirando cómplice a mis padres.

Y esa premisa fue la que rigió mis estudios en la universidad de las leyes. Siguieron años de abrirme camino como pasante en un despacho de abogados. Numerosas ocasiones de bajar la cabeza ante las monsergas de los jefes. Ante las risitas de los compañeros listillos, de los codazos en el alma de las aspirantes a destacar, ante la falta de sutileza de las bromas de los letrados masculinos que se creían ya con más autoridad. Ratos de angustia, de dolor de estómago y de trastornos digestivos por el estrés, que nunca pude mantener a raya ante un cliente encumbrado a base de dinero. Los muy pobres, a los que les llevaba el caso como abogada de oficio, esos nunca me replicaron, al contrario, se mostraron siempre agradecidos. Sin embargo, llegué a dominar la técnica. Mi carrera empezó a despegar a base de casi renunciar a la vida personal. Llevaba a Lucas al cole y me iba derecha al despacho y a veces, incluso, directa a los juzgados. No llegaba a casa hasta pasadas las ocho de la tarde. Aparte de la ayuda doméstica, necesité otra canguro que recogiese al niño porque Jaime también llegaba demasiado tarde. Los baños, los deberes, las cenas y la multitud de tareas que quedaban pendientes me suponían un esfuerzo extra y siempre estaba de mal humor. Cuando por fin acostaba a Lucas, me tiraba de cabeza al sofá. Ni televisión ni Netflix, ni sexo, ni puñetas. Solo de pensar que podía quedarme embarazada en un descuido me hacía alejarme instintivamente de mi marido. Por no decir la culpabilidad constante que me asaltaba por el poco tiempo que dedicaba a mi hijo.

—Mami, ¿cuándo vas a venir a recogerme? Las mamás de mis amigos van a por ellos y tú nunca puedes.

—Tengo que trabajar, ya lo sabes —le respondía casi siempre rezongando y tirando de él.

Ha pasado una década. Esta noche nos alojamos en una habitación de un hotel muy próximo a la estación de tren en la capital de España. Es un establecimiento céntrico y exclusivo donde hay un número escaso de habitaciones, todas ocupadas por los huéspedes especiales de hoy. En esta ocasión nos han reservado una suite. Hace una hora, en el cuarto de baño Jaime terminaba de afeitarse. Encima de la cama, su esmoquin y un vestido negro y sobrio para mí lucían impolutos. Me encontraba nerviosa y para acortar la espera he conectado la televisión, aunque pronto el programa rosa en curso me ha desmotivado. Zapeaba buscando un canal de cocina. Enseguida he tenido que apagar el televisor, no podía concentrarme. Deseaba ver cuanto antes el resultado que mi equipo iba a ofrecer a los postres.

Por fin, bajamos las escaleras. Al descender el último peldaño, un pequeño traspiés casi me hace caer.

—Siéntate y descansa un momento. Te conozco y, por mucho que disimules, sé que estás emocionada —me ha dicho Jaime antes de hacerme sentar en el sofá negro que hay en la recepción. Le hago caso y me recuesto sobre los almohadones blancos. Al pasar la vista, veo las violetas que hay en un jarrón sobre una pequeña consola adosada a la pared.

—Mira, qué bonitas. Son como las que me regalaste la primera vez que salimos juntos. —Nuestras miradas nos delatan.

—Siempre me han gustado y a ti te definen muy bien —responde sonriendo.

—¿Tú crees?

—Sí, aunque lo que de verdad se ha cumplido es lo que tu madre dijo nada más conocerme: «Cuídala, tiene muy buena pasta». No sabía ella cuánta razón llevaba. —Me lo cuenta por primera vez.

—Pues bien que se opusieron a mi decisión, igual que tú —no he podido menos que decir.

—Bueno, a todos nos pillaste desprevenidos, pero hoy toda la familia estamos orgullosos. Sabemos cuánto te ha costado llegar hasta aquí —ha dicho cogiendo con ternura mis manos entre las suyas.

—Sin ti, me hubiese sido mucho más difícil. —Me he arrebujado contra su pecho.

—Anda, vamos ya. Te están esperando. —Se levanta y me ofrece su brazo.

Una cerrada ovación nos ha recibido nada más abrir la puerta de la sala. Nos colocan en el lugar de honor de la mesa presidencial y mientras el orador va desgranando mis méritos, yo me pierdo en los recuerdos.

Por mi mente se suceden los años de trabajo en solitario. Rememoro el sexto cumpleaños de Lucas. Fue la primera vez que hice un pastel. Se me ocurrió para compensarlo, como si con el dulce pudiese acallar la falta de tiempo que me veía obligada a robarle cada día. Por entonces, yo acababa de entrar en la cuarentena y el rol de abogada, lejos de hacerme disfrutar, me provocaba permanentes contracturas de espalda. Me ponía nerviosa, muy nerviosa por todo. Lo barrunté meses, lo medité despacio, hice cuentas, até cabos, lo hablé con mi familia. Hubo discrepancias, muchas. En el despacho me miraron como si me hubiera vuelto loca. Me puse el mundo por montera, estaba decidida. A esa tarta inicial para mi hijo le siguieron otras muchas, en los sucesivos cumpleaños de Lucas primero, luego de Jaime, más tarde de mis padres, luego de mis hermanos y amigos. En los comienzos, el obrador fue mi propia cocina. Leí todos los recetarios que caían en mis manos, de mi madre, de mi abuela, de las madres de mis amigas, de blogs, de Youtube, de Instagram. Visioné programas de televisión y vídeos de cocineros locales, nacionales e internacionales. Hice varios cursos. Aprendía a base de ensayo y error. Anoté los aciertos, subsané los errores. Cada vez las tartas me salían más ricas y perfectas. Tan buenas que nadie quería otro regalo. Para mí hacer repostería fue un relax y para mi familia más que una bendición. Cuando pensé que tenía algo que ofrecer, me apunté al Gremio de Pasteleros. En un año monté sola mi propia empresa. Luego, con el tiempo, poco a poco, fui agrandando la plantilla. Ahora cuento con treinta personas en el obrador y una docena de empleados en las diversas pastelerías de mi ciudad. Incluso estoy próxima a patentar mi marca por otras del país.

El presidente ha terminado de hablar. Todos me aplauden. Él me invita solícito a que me levante para imponerme la insignia de Miembro de Honor. Redoblan los aplausos, los acallo con un gesto y con voz entrecortada digo:

—Dedico este premio a todas las mujeres que son constantes en perseguir sus sueños.

Unas lágrimas silenciosas ruedan por mis mejillas, al tiempo que mis congéneres femeninas asienten y aplauden entusiasmadas.

UN FAVOR

Ana Marben

ANA MARBEN. Nacida en Valencia, sus preferencias siempre han oscilado entre las ciencias y las letras. Esto la llevó a cursar estudios de Agricultura y Medio Ambiente, mientras daba rienda suelta a su fantasía emborronando hojas en una máquina de escribir. La Administración la atrapó y trabaja en la Universitat de València, rodeada de libros. Acostumbrada a contar sus andanzas en largos *emails*, en 2013 decidió pulir su estilo en varios talleres de escritura y conocer, de paso, a otras trastornadas por el arte de contar historias.

Ha participado en algunos certámenes de microrrelatos y relatos cortos, logrando que la seleccionaran o, incluso, premiaran, lo que la ha animado a creer que, tal vez, no lo hace tan mal.

Algunos de sus relatos forman parte de obras colectivas como *Grafomanías*, que generó el grupo literario *Grafomaníacas*; *A punta de relato* y *Cada vez más iguales* del colectivo Valencia Escribe; *2070, Relatos Líquidos*, de Generación Bibliocafé y *101 crímenes de Valencia*, publicado por Editorial Vinatea.

En el verano de 2020, en plena pandemia, presentó el libro de relatos *¿No te parece raro?*, coescrito con Amelia Jiménez Graña, con quien años atrás ya se había embarcado en el blog semanal *52 relatos y medio* (52relatosymedio.wordpress.com) y, ahora mismo, comparte la edición y coordinación de esta obra.

—Antes, he visto a un hombre en las vías del tren —digo. Aunque mi comentario no despierta mucho interés, continúo—: Caminaba despacio y se agachaba a cada poco. Parecía buscar algo.

—¿Y no le han disparado? —pregunta el novio de la parejita joven, la que se aloja en el primer piso.

Niego con la cabeza. Acepto la taza de café que me ofrece Víctor, el recepcionista, y me acomodo en el sofá.

Huele a café. Víctor dice que quedan aún cientos de cápsulas de la Nespresso. Después de tantos días, esto es un lujo. Lo único que sabe a realidad.

Quedamos ocho. Han pasado veinte días. Ya casi nos miramos sin desconfianza. No es que nos hayamos hecho amigos, pero, al menos, estamos seguros de que ninguno de nosotros está infectado. El periodo de incubación no supera la semana. Eso dicen todos los médicos. Aunque algunos desconfían y no dejan sus habitaciones.

A mí me viene bien la charla intrascendente, las discusiones sin vehemencia, los alocados planes de futuro.

—¿Sabes algo de tu primo? —pregunta al recepcionista la *instagramera* del segundo.

Cada día nos obsequia con un modelito distinto, incluso el color de sus uñas es diferente según la jornada. No sé cómo le queda ánimo.

Oigo a Víctor explicar, como cada día, que pronto vendrá alguien a rescatarnos con un 4x4. Nos avisa de que tendremos que apiñarnos en el vehículo, pero que una vez dentro nadie podrá sacarnos de allí.

—¿De dónde has sacado esas flores? —interrumpo, y atraigo sobre mí gestos de enfado.

Sobre el mostrador hay un jarrón lleno de margaritas violetas. Parecen frescas, recién cortadas.

—Hay un macetero en la terraza —me explica—. ¿A que son preciosas?

Me encanta el color morado. Me entusiasman esas flores. Pero me inquieta su respuesta. En la azotea solo hay un viejo ficus moribundo. Lo sé porque subo todas las mañanas, antes de bajar a tomar café paso allí quince minutos al sol. El calor a esas horas es soportable y mis huesos lo agradecen. La puerta de la terraza está cerrada con llave y Víctor no sabe que yo trepo desde la ventana de mi habitación. Hay unos escalones metálicos en la fachada y desafío mi vértigo para llegar hasta allí y tumbarme ese cuarto de hora en suelo, inmóvil, como una lagartija.

—Sí, son muy bonitas —digo, y sonrío cuando él desliza una sobre mi oreja derecha, enredándola en el pelo. Coquetea conmigo delante de los demás, sin disimulo.

Pongo la taza vacía en la mesa y me dejo caer sobre los cojines blancos, impolutos. A pesar de la situación en la que estamos, la recepción del hotel luce limpia y ordenada en todo momento. Y eso que el personal de limpieza salió huyendo los primeros días, como el de cocina. Solo nos quedamos algunos huéspedes. Y el recepcionista, claro. Es un tipo peculiar. Alto y delgaducho. Aunque tiene un solo brazo, lo maneja con una habilidad envidiable. Alguna vez he querido preguntarle qué le pasó, pero me limito a mirar la manga vacía con una fascinación morbosa.

Hoy nadie está muy hablador. Supongo que los días van pesando. ¿Qué ocurrirá cuando empiece a faltar comida? Víctor asegura que la despensa aún está llena. Hay latas y tarros que, de momento, a nadie le apetecen. Y poco más. No hay nada fresco, eso desapareció al tercer día. Tampoco leche o patatas. Según nos explicó, el lunes era día de reparto. El fin de semana los huéspedes tenían que salir a comer fuera. Acepto unos frutos secos de camino a mi habitación.

Mientras subo las escaleras, pienso en el primer día. Llegué al hotel un sábado al mediodía. Me registré, un poco sorprendida de que allí todo funcionara aún con normalidad. Fuera parecía que el mundo se había vuelto loco. El viaje en tren había sido una pesadilla. Paradas en estaciones aleatorias. Grupos de vándalos tirando piedras a los cristales en campo abierto. El trayecto, que de normal duraba un par de horas, había sido una angustia de más de cinco. Por fortuna, la ciudad parecía tranquila. Aun aproveché para dar un paseo por las calles del centro. Apenas había nadie y la mayor parte de las tiendas estaban cerradas. No supe si por quiebra o por las restricciones. Compré una hamburguesa para llevar en un restaurante cercano. La última comida de verdad que había tomado.

No me preocupa el hambre. En mi kit de emergencia llevo bastantes tubos alimenticios sustitutivos —con su cantidad equilibrada de proteínas, vitaminas e hidratos—, como para sobrevivir seis meses. Si en ese tiempo no he encontrado un lugar donde ir, ya no importará: Me habré vuelto loca.

Mi habitación es una de las grandes. Aunque el hotel es antiguo, los dormitorios tienen una reforma moderna. Las puertas son sólidas y —creo— inexpugnables. Tecleo el código para abrir. Por fortuna, el edificio cuenta con autonomía para la electricidad y el agua. Hay potentes placas solares en la azotea —donde no hay margaritas violetas— y una bomba extractora en el sótano. Esto último me lo enseñó Víctor cuando empezamos a hacernos amigos.

Me sobresalta ver a Fede en la ventana. Sacude los brazos y sonríe. Leo en sus labios mi nombre. Él no podrá verme hasta que yo acepte la *hololllamada*. Me acerco a su imagen, que tiembla al rozarla. Es atractivo. Tiene una barbita canalla y un tupé provocador. Aunque ha engordado un poco. Le miro las manos, esas que recorrían con tanta habilidad mi piel. Cierro los ojos y me tumbo en la cama. Le ignoro. Luego le diré que dormía o que estaba en la ducha. Ni siquiera le he contado que estoy en la ciudad. Justo antes de que empezara todo esto, iba a dejarlo. Pero después no fui capaz. Es la única persona que sigue llamándome casi todos los días. Tal vez sea la única persona a la que conozco que sigue viva. ¿Cómo voy a cortar ese lazo? Tal vez podría pedirle que venga a por mí. Suponiendo que me hiciera caso, podríamos huir los dos juntos a algún sitio. Pero, ¿dónde? ¿Dónde está ese lugar seguro del que habla Víctor? Ese donde su primo nos llevará cuando llegue con su todoterreno. ¿Existe?

Pienso en prepararme un baño y dejarme arrugar sumergida en el agua caliente. En el amplio cuarto de baño hay una bañera enorme. Seguro que puedo llenarla y abandonarme allí un rato. Quizá hasta pueda pedirle a Víctor que me enjabone la espalda. Estaría encantado. Sé que le gusto. Pero para disfrutar debería bajar la guardia. Y si la bajas… estás muerta.

En la calle se oyen algunos estruendos. Parecen detonaciones. Pienso en mirar por la ventana. Sin embargo, enciendo la televisión y me entretengo cambiando de canal. Emiten películas, series y anuncios como si el mundo siguiera su curso. Lo que no hay son programas en directo. Solo unos minutos de noticias a cada rato. Y mensajes grabados diciendo que nos quedemos en casa, que no salgamos ni siquiera a por comida, que es peligroso. Dicen que pronto evacuarán las ciudades. Que las fuerzas del orden vendrán a llevarnos a un lugar seguro. Pero empiezo a dudar de que eso sea cierto.

¿Por qué es peligroso?

Nos habíamos acostumbrado a no salir apenas. A reunirnos con poca gente y lo menos posible. A protegernos con mascarillas. Y parecía que así todo iba bien. Hasta que encontraban una cura, una vacuna, hasta que el virus remitía. Y así, hasta la siguiente amenaza. Habíamos salido de otras peores, más agresivas.

La primera vez que nos enfrentamos a esto, la pandemia del 2020, aún estaba fresca en nuestra memoria y, a pesar del caos, habíamos conseguido vencerla. Ahora teníamos herramientas, protocolos, planes de emergencia. Pero alguien dijo que esta vez iba a ser peor, que no iba a haber tratamiento para todos. No se sabe por qué se difundió este rumor absurdo. Y nos volvimos locos. Si somos menos, dijo alguien, habrá para todos. Así que ya nadie sale. Ni confía en los demás. Solo algunos se aventuran por las calles al cobijo de la oscuridad de la noche. A salvo del sol, que calienta todavía más de lo habitual, como si se hubiera unido a nuestra lista de desgracias. A salvo, sobre todo, de las miradas curiosas, de los vigilantes de ventana que pueden gritarte, increparte, lanzarte cosas… quizá dispararte. Por eso este hotel donde me escondo es tan buen refugio. Da a las vías del tren, a la parte de atrás de la estación y nadie puede alcanzarme desde otra ventana.

Suena el teléfono y doy un salto. Es un timbre antiguo, que resuena. No proviene de mi moderno dispositivo de *holollamadas*, sino del aparato antiguo que hay sobre la mesilla. Descuelgo y quedo a la expectativa.

—¿Iria?

Reconozco la voz de Víctor, a pesar de que no puedo ver su cara.

—¿Sí?

—He conseguido lo que me pediste.

—¿Sí? —No sé de qué me habla. Siento un mal presagio.

—¿Te lo subo o bajas tú a recogerlo?

—Yo voy. Bajo enseguida. ¿Dónde lo has conseguido?

—Tengo mis contactos. Ya te lo dije. Y es un precio justo.

¿Precio? Me viene a la cabeza el recuerdo de hace unas noches. Yo preguntando que cuánto iba a costarme, que no tengo mucho dinero. Él explicando que el dinero ya no sirve para nada. Que valen más los favores. ¿Qué le habré prometido?

Esa noche no podía dormir. Había llamado a Fede varias veces sin éxito. Deambulé por las redes sociales para leer mensajes desesperanzados, temores conspiranoicos, proyectos de violencia. Sentí angustia e incluso un poco de miedo. Vagué por el hotel, caminé por todos los pisos, recorrí las habitaciones vacías, la mayoría. Escuché los gemidos de la pareja del primero y supongo que me sentí aún un poco más abatida.

Víctor me sorprendió en la puerta de la calle. «¡No te vayas sola!», dijo. Y fue la primera vez que confesó la mentira sobre el 4x4 de su primo y la esperanza del rescate. Pero me aseguró que tenía otros planes. Mostró una botella de vino y dos copas. Me pidió ayuda para utilizar el sacacorchos. La bodega aún está bastante llena, me contó con picardía. Dimos cuenta de ella. De una primera y después de una segunda. El alcohol embotó mis sentidos y enterró mis temores. Reímos y tonteamos. Planeamos el futuro. Y cuando yo le dije qué me hacía falta, él aseguró que me lo conseguiría. Le prometí un favor a cambio, pero tengo lagunas de aquella noche y no puedo recordar qué fue.

En realidad, me preocupa poco el pago. Si se lo ofrecí estoy dispuesta a dárselo. Me turba mucho más lo que me va a entregar. Cuando lo pone en mis manos estoy a punto de rechazarlo.

—Olvídalo —le digo—. Quédatelo tú —propongo—. Seguro que sabes usarlo mejor que yo.

Se ríe.

—Yo no puedo usarlo. ¿Con un solo brazo? No soy tan hábil ¿Qué hay de «los tiempos han cambiado»? De «nunca lo habría hecho…

—…pero son tiempos extraordinarios» —concluyo.

Lo recuerdo. Sostengo el arma en las manos. Es ligera. Sorprendentemente ligera. Y, según indica Víctor, tiene un visor nocturno.

—No seré capaz de matar —le dije aquella noche. Y lo repito ahora.

—Tendrás que hacerlo —me recuerda—. Cuando llegue el momento.

Le prometí acabar con los otros si se interponía. Huir sin ellos. Le prometí ayudarle a poner en funcionamiento alguno de los coches del aparcamiento y marcharnos —no con su primo, ese no llegará—. Le prometí conducir toda la noche mientras él me guía. Dice que sabe adónde ir. Sonríe, me da un beso en la mejilla y se aleja. Dice que lo espere, que baja a la bodega a por otra botella de vino. Meto el arma en su funda y la pongo en mi regazo. No sé qué haré, pero es mejor tenerla. Caigo de nuevo sobre el sofá negro. Son tiempos oscuros.

LA CHICA DE LA BOTICA

Ángela Sahagún Bonet

ÁNGELA SAHAGÚN BONET. Nació hace ya setenta años y ni se ha enterado. Hace diez que empezó a escribir, justo cuando se quedó sola y su familia volaba sin necesidad de su dedicación. Durante años se dedicó a ella y a su profesión de conservadora–restauradora de pintura. Ahora disfruta de sus nietos, de su libertad, de los amigos; lo hace mientras intenta escribir mejor y que la vida le sea leve.

Los pasos de la mujer resonaron en la estación vacía. Apenas se vislumbraba la bombilla que iluminaba el acceso a la decrépita cafetería, esa que acogía a los viajeros que fueran a hacer trasbordo de un tren a otro. La niebla daba un aspecto fantasmal y sombrío al ambiente, aunque Isabel ni siquiera notaba el frío húmedo en aquella tarde de diciembre. Se irguió dentro de un abrigo que hablaba de su alto nivel de vida y siguió taconeando hasta llegar al Paseo de la Estación. Lo hizo con el aire desafiante que había ensayado año tras año frente al espejo.

La calle llegaba desde la puerta de la estación de ferrocarril hasta la plaza del Ayuntamiento, ubicada en el mismo centro del pueblo manchego. En ella palpitaba la vida, con sus tiendas, sus casas y los tres hoteles que había cuando ella se marchó, hacía ya cuarenta años. Le habían dicho que en su ausencia habían abierto más hoteles, pero ella se detuvo ante el primero. La fonda de la estación había detenido el tiempo entre sus paredes. Isabel había llegado y se iban abrir, de nuevo, las puertas que la llevarían cuarenta años atrás. Ella lo sabía y también que había que cerrarlas definitivamente.

En el zaguán, un hombre desconocido le tomaba los datos mientras un jarrón con flores violetas, de plástico, vigilaba su carnet de identidad. Reconoció el viejo sofá; lo habían tapizado con una tela negra que lo hacía parecer aún más feo. Ni siquiera los tres cojines blancos animaban su horrible aspecto. Pero ella, indiferente a cualquier cosa que la apartara de su objetivo, se dirigió a la que, según el conserje, era la mejor habitación del establecimiento.

Nada de tarjetas; una llave de toda la vida le abrió la entrada a su aposento: grande, destartalado, con una cama cubierta por una colcha de color indefinido, un escritorio con una televisión, el teléfono sobre la mesita de noche, y un armario empotrado junto a la puerta del cuarto de baño. «Al menos está todo limpio», pensó Isabel mientras colocaba la ropa en el armario. Luego corrió la cortina para asomarse a la ventana que la arrastraba al escenario de su juventud.

Frente a ella, un letrero grande anunciaba que la casa de la botica se vendía, con su local vacío. Sus dueños, don Julio y doña Pepita, hacía años que habían muerto y un sentimiento de tristeza la invadió. De todo el maldito pueblo eran las únicas personas que recordaba con verdadero afecto. Sus padres tuvieron que abandonarlo también cuando ella se marchó. Murieron lejos de su tierra por su culpa y eso le dolería siempre.

Agarrada al visillo miraba con fijeza el letrero sucio de la farmacia, mientras los recuerdos se desgranaban junto con la vergüenza de sentirse despreciada y criticada por los clientes que la conocían. Los años sesenta fueron duros con las mujeres solteras que se quedaban embarazadas. La miraban con una media sonrisa al principio, como queriendo asegurarse de que era cierta la noticia de que, a Isabel, la chica de la botica, la había preñado el novio. Ese novio que, después de cinco años, la había dejado tirada para casarse con una chica rica. Tirada como un trapo viejo. Tirada en medio de un viento duro que arrasaría su vida durante mucho tiempo.

Doña Pepita se negó a que su marido la despidiera. Él dudaba, temiendo que la imagen de la farmacia se resintiese con la presencia de una mujer en esas condiciones. Luego se arrepintió de esas dudas iniciales, pobre don Julio, y la ayudó con todas sus fuerzas. En cuanto a su mujer… Isabel guardaba en su memoria, como algo precioso, la imagen de su defensora, de la señora que supo guiar sus pasos para salvarla del imbécil de Ernesto, el novio que la embarazó y que, cuando su padre intentó hablar con él para que se hiciera cargo de la situación, le dijo que no creía que ese hijo fuera suyo.

Apenas se dio cuenta de que, con la mano crispada, había arrugado el visillo, cuando volvió al presente. Se miró en el espejo y vio a una mujer que mantenía un atractivo espectacular para los años que tenía. Acababa de jubilarse y su figura aún recordaba a la de la muchacha que se fue con su niña de tres años para Alicante. Seguía siendo alta, delgada y guapa, muy guapa, lo había sido tanto como para que las envidiosas del pueblo se alegraran de su desgracia. Isabel aguantó el temporal sola, detrás de un mostrador vendiendo aspirinas a beatas amargadas e impertinentes, y preservativos a hombres con la mirada entre divertida y lasciva. Necesitaba trabajar a pesar de ellos.

Poco a poco el escándalo dejó paso a la indiferencia, aunque la gente seguía mirándola con cierto rechazo, sobre todo aquellos que hacían caso a la difamación de Ernesto; pero sus padres cuidaban de su hija y en su trabajo se sentía protegida por el jefe y su mujer. A ellos acudió cuando el padre de su criatura pretendió quitarle a la niña.

La vida a veces saca las garras y, como te descuides, te hinca los dientes. En la España de Franco, si el hijo nacido fuera del matrimonio era reconocido legalmente por su padre, este podría arrebatárselo a la madre al cumplir tres años. Y Ernesto, castigado por el destino, no conseguía hacerle un hijo a su mujer. Entonces pensaron en reconocer a la niña de Isabel y el matrimonio fue a hablar con la muchacha. Le dijeron que a la niña no le iba a faltar de nada, que viviría rodeada de comodidades y hasta llegaron a ofrecerle una casa y algo de dinero para que pusiera un negocio. Que lo pensara bien.

Ese momento lo había recordado Isabel muchas veces a lo largo de su vida. Visualizaba a doña Pepita, en la mesa camilla de la habitación que tenía frente a su balcón, escandalizada y diciendo que ni se le ocurriese dejarle reconocer a su hija. «Te la quitará y no te dejará volver a verla. Lo mejor será que te marches donde no pueda encontrarte, no te preocupes, ya buscaremos la solución».

La señora era una mujer dulce y tranquila, pero olvidó su compostura e Isabel nunca la había visto tan excitada, cabreada y segura.

Sin que pasara un mes, la ayudaron a huir de la injusticia, le buscaron una farmacia en un pueblo de Alicante donde trabajar. Un día, sin decirle a nadie más que se iban, sus padres, ella y la niña pusieron tierra por medio y se marcharon a empezar una nueva vida. Dejaron atrás el secarral manchego y se fueron a llenar su mirada con el Mediterráneo.

El siguiente mordisco que le dio la vida a Isabel fue la muerte de sus padres, ocurrida enseguida, demasiado pronto para que ella no creyera que la tristeza había acelerado su enfermedad. Ellos nunca se acostumbraron a tener el mar cerca y añoraban hasta el calor desesperante de los veranos de su tierra. El caso es que, pese a ello, debieron cuidarlas desde donde estuvieran, porque junto al mar encontró a Vicente, que la quiso con todas sus fuerzas y adoptó a su niña con el amor de un verdadero padre. Su vida empezó a correr mansa y feliz a su lado; a pesar de que su marido le pidió que se quedara en casa, Isabel no quiso dejar de trabajar en la farmacia hasta que se jubiló. El trabajo la había ayudado en sus peores momentos y solo dejó la farmacia cuando su marido murió en un accidente de coche. Durante un mes no dejó de llorarle, pero su hija ya era médica, no la necesitaba y, sin nadie a quien cuidar, decidió sacar ella los dientes a la vida también.

Volvió a su pueblo. Cuarenta años se pasan en cuanto te descuidas y no quería morirse sin vengarse un poquito del cabrón que les fastidió la vida a sus padres. Allí estaba, en una cama que crujía cuando se movía, intentando descansar para enfrentarse por fin a su pasado.

Por la mañana, el cielo era de un azul intenso. Se duchó, bajó a desayunar y llamó a Ernesto antes de las once de la mañana. Lo notó sorprendido y nervioso, pero aceptó verla enseguida cuando se lo propuso. «En el bar de la plaza, a la una», le dijo. Ella sonrió y se esforzó en aparecer lo más deslumbrante que un maquillaje le permitiera. El pelo estaba perfectamente peinado y las canas, teñidas y brillando para dar sensación de un pelo juvenil, vaporoso, un pelo por el que tampoco hubieran pasado los años.

Bajó la calle que unía la estación con la plaza, despacio, paladeando cada escaparate, descubriendo las tiendas que sustituían a las desaparecidas, buscando, sin encontrar, algún rostro conocido. Nada más salir de la fonda, el viento la envolvió y recordó a su madre cuando decía que, en el pueblo, el aire era redondo y que por eso la gente se volvía loca... Sonrió y pensó que ella hoy estaba recogiendo su ración de locura.

Cuando entró con un cuarto de hora de retraso en el bar de la plaza, le pareció que el tiempo se había detenido. Buscó a Ernesto con la mirada, pero no lo encontraba entre los clientes del bar. En el fondo, un hombre se puso en pie, con dificultad, y le hizo una seña con la mano para que se acercara. Seguía sin reconocerlo. Pero era su voz, de eso no cabía duda.

¿Dónde estaba el muchacho que la enamoró hasta perder la cabeza? Gordo, medio calvo, torpe hasta la compasión. Ella buscaba en el fondo de sus ojos el fulgor que le hiciera reconocer a su amante, mientras él se deshacía en elogios y se lamentaba de su soledad. Su mujer había muerto hacía cinco años, le contó, y no habían tenido hijos. Aseguraba que había sido una buena mujer pero que nunca consiguió hacer que se olvidara de ella. Preguntó por la niña y escuchó lo maravillosa que era, que tenía ya dos hijos y que era una cirujana estupenda. Isabel exageró contando las maravillas que se había perdido de su hija y de sus nietos.

Ernesto quiso invitarla a comer, pero ella sonrió, con una sonrisa abierta, atractiva e insinuante. Le dijo que solo quería verlo y saber qué había sido de su vida. Él intentó cogerle las manos y lo consiguió. El bar estaba lleno, era la hora del aperitivo, y la gente los miraba, curiosa.

Isabel se levantó, erguida le dijo en voz alta, lo suficientemente alta para que la escucharan desde las mesas hasta la barra, que no quería comer con él, que solo quería decirle que seguiría solo, porque esa hija no era suya, que efectivamente la tuvo con un amante mucho mejor que él en la cama, pero al que no le dijo nada, porque no quería compartir su hija con un golfo. También quiso decirle que había tenido un hombre, su marido, que la había hecho muy feliz, y que había querido a su hija como propia, igual que la niña a él con adoración. Afirmó que estaba encantada de que la hubiera dejado por esa mujer tan buena, y tan rica, porque a estas alturas no veía más que a un viejo derruido al que, gracias a Dios, no tendría que cuidar las miserias de sus últimos años.

Todo eso hubiera querido decirle. Pero Isabel se levantó, sonrió con dulzura y no dijo nada. Simplemente se despidió diciendo que tenía que coger el primer tren de la tarde y que se alegraba mucho de haberlo visto. Dio media vuelta y se fue sin mirarlo por última vez, liviana y alegre, para sentirse envuelta por ese aire redondo que le acarició el alma.

Cuando cogió el tren de vuelta, la indiferencia y el olvido formaron parte de su venganza.

LA VIDA EN VERSO

Aurora Rapún Mombiela

AURORA RAPÚN MOMBIELA. Aragonesa afincada en Valencia, amante de las letras, de su familia y del deporte al aire libre, trabaja como técnica de la Biblioteca Pública de Massamagrell. Forma parte del colectivo literario Valencia Escribe y, en su tiempo libre, escribe microrrelatos y cuentos que publica en su blog: lahistoriaestaentumente.wordpress.com

La mañana había amanecido fresca y, a pesar de la hora, la calle era ya un hervidero de gente. La inspectora Marta Segura entró en el hotel con paso firme, dispuesta a empezar con el interrogatorio de inmediato, pero se detuvo al darse cuenta de que estaba completamente sola. Un amplio vestíbulo, presidido por un mostrador reluciente, la recibía solitario.

Barrió la estancia con una mirada rápida y profesional. El sofá que había a la derecha era de cuero negro, estaba cubierto de cojines blancos que hacían juego con el suelo ajedrezado y con las lámparas, que alternaban los dos colores como si fueran las casillas de un tablero. Curiosamente, el jarrón con flores de color violeta que reposaba junto a un libro sobre un pequeño mueble auxiliar rompía por completo la simetría y producía una sensación de desasosiego. Se acercó y abrió el libro. Parecía ser algo viejo, muy manoseado. Incluía unas pocas ilustraciones en blanco y negro. Creía recordar haberlo leído hacía tiempo. Lo volvió a dejar donde estaba.

—¿Hola? ¿Pueden atenderme, por favor? —preguntó en voz alta, un poco más chillona de lo habitual.

De pronto, un sonido atronador la hizo sobresaltarse. Un tren acababa de entrar en la estación, situada a pocos metros de donde ella se encontraba. Por muy moderno que fuera el hotel, estaba claro que no lo habían insonorizado. O, por lo menos, no lo suficiente.

Cuando los chirridos de los frenos enmudecieron al fin, sacó el móvil del bolsillo trasero de sus vaqueros y llamó a la comisaría.

—Paco, necesito que me localices al director del hotel. Aquí no hay nadie. La puerta estaba abierta, sí, pero no se oye ni un alma. Da un mal rollo que no veas.

—Vale, jefa. Lo localizo y te llama. Cuelgo.

Al cabo de pocos minutos, la voz de Freddie Mercury resonó cantando a voz en grito *The Show Must Go On*.

—Sí, soy Marta. Estoy en recepción. Creí que estaría usted para recibirme. Le espero cinco minutos, si no ha llegado, me voy y se apaña usted solo con su misteriosa desaparición, que no está la vida para ir perdiendo el tiempo.

Cuatro minutos más tarde, un hombre entraba como una exhalación, deshaciéndose en disculpas.

—Cuánto lo siento, inspectora, ya sabe, el tráfico — farfullaba el hombre, con el apuro dibujado en las mejillas.

—Bueno, pues ya está usted aquí. Mejor si no perdemos más tiempo. Cuénteme qué ha pasado exactamente.

—Verá, ahora esto está cerrado porque no me ha quedado más remedio, como usted comprenderá enseguida, pero ayer este hotel era una locura. Parecía el camarote de los hermanos Marx. Había personas entrando y saliendo de todas las habitaciones. No sé si sabrá que se celebraba el Congreso Nacional de Literatura Medieval.

—Pues mire, caballero, no, no tengo yo otra cosa que hacer que conocerme todos los congresos que se celebran en la ciudad. ¿Y eso hace que venga mucha gente? Perdone mi ignorancia, pero no imaginaba que la literatura moviera a las masas.

—No, claro que no… Este hotel no es muy grande, pero, no obstante, este congreso es la leche. Lo celebran cada año en un lugar distinto. Que eligieran esta ciudad y este hotel fue una maravillosa sorpresa. Es un congreso muy especial en el que tanto las personas ponentes como las inscritas se disfrazan de caballeros y damas medievales. Organizan jornadas literarias en las que declaman poemas y proponen pruebas de lo más disparatadas para conquistar corazones y liberar castillos. Todo ficticio, claro… Bueno, eso es lo que suele pasar normalmente, pero esta vez…

—¿Qué pasó esta vez, hombre? No se pare en lo más interesante.

—Esta vez, una de las pruebas era que una dama debía quedarse en una habitación, como si estuviera encerrada en la torre de un castillo, ya se imagina usted, ¿no? Una cosa así como Rapunzel, pero a lo medieval. Eligieron la habitación 202. No es que tengamos doscientas habitaciones, ya ve que este es un hotel muy pequeño, casi familiar, pero nos parecía un poco triste poner habitación 2 y pensamos que números más altos conferían un estatus mayor. A lo que iba, que en la 202 se quedaba la dama en apuros y dos o tres caballeros tenían que luchar por ella a base de versos. En la vida real esas damas no tienen por qué ser mujeres, ni esos caballeros, hombres, claro. Aquí cada uno se viste y actúa de lo que le da la gana.

—Vale, de momento es todo raro de narices, pero no veo la necesidad de alarmarse. ¿Qué pasó entonces para que se hiciera necesario llamarnos y cerrar el hotel?

—Pues verá… ¿Le importa que subamos a las habitaciones y se lo explico allí?

—Claro, hombre. Vamos allá.

Subieron por las escaleras. Había también un ascensor igual de psicodélico que el resto del hotel, pero el director decidió hacerlo andando y ella le siguió.

A pesar del amplio vestíbulo y de los colores e iluminación modernos que hacían imaginar un gran edificio, en cada piso solo había dos habitaciones, separadas entre sí por un pequeño pasillo de baldosas blancas y negras. Si se subía por la escalera, se iba a parar frente a la habitación 202 y si se subía por el ascensor, al centro entre la 201 y la 202. Por qué habían puesto 201 y 202 a las habitaciones situadas en el primer piso era otro misterio que ella no alcanzó a comprender.

La inspectora Segura ya estaba situada frente a la habitación 202, pero el director del hotel le dijo que iban a ir a la 201. Sorprendida, entró tras él.

—Mire, las dos habitaciones son idénticas. Así que vamos a ver esta y le voy explicando el problema.

Era una estancia sencilla, pero agradable, aunque estaba muy desordenada por las prisas con las que la habían desalojado. Sobre un mueble blanco había un televisor negro, desde la única ventana se podía ver la estación de tren. Un teléfono blanco reposaba sobre una mesilla negra y, a la izquierda, se abría la puerta a un pequeño cuarto de baño.

La inspectora se situó en el centro y preguntó al director.

—Bueno, ¿y qué hacemos en esta habitación y qué pasa con la 202?

—Veamos… El reto literario consistía en que la dama encerrada en la habitación esperaba sentada a que sonara el teléfono. A través de él, escuchaba los poemas que le dedicaban. Un jurado se situaba en cada habitación y tomaba nota de lo que se pronunciaba y la dama, también. Al final, entre todos, de una manera muy dinámica y divertida, se decidía quién conseguía liberarla y, por tanto, ganar su corazón. ¿Queda más o menos claro?

—Sí, cristalino. Pero ¿qué relación tiene el desarrollo de la prueba con la misteriosa desaparición de la que no me ha hablado todavía?

—Pues algo tiene que ver porque resulta que, cuando le tocaba el turno de declamar al caballero de la habitación 201, el teléfono se quedó sin línea. Uno de los miembros del jurado salió al pasillo a ver qué pasaba, se dirigió a la 202 y llamó. No contestó nadie. Si le parece, inspectora, sígame y haremos lo mismo que él.

Marta Segura y el director del hotel llamaron a la puerta de la habitación 202. Evidentemente, nadie contestó, pero lo más curioso del caso vino a continuación.

El director introdujo tembloroso la llave en la cerradura y, con la mirada vidriosa, abrió la puerta.

¡No había nada! La inspectora sentía que el suelo fallaba bajo sus pies. La inmensidad de la nada la embargaba, la aterraba, la atraía hacia el abismo del vacío.

El director volvió a cerrar y el pasillo ajedrezado con sus baldosas, sus puertas y sus paredes regresaron. Sus pies volvían a estar en su sitio.

—¿Pero qué es esto? ¿Qué ha pasado?

—Por esto es por lo que desalojamos el hotel y la llamamos a usted. No sabemos más. Después del último poema, todo desapareció. No tenemos ni idea de lo que ha pasado.

Y aún más inquietante es que nadie ha reclamado la desaparición de la dama. Aparecía como Isolda en el registro del hotel y en las inscripciones del congreso. En condiciones normales, aquello hubiera sido algo extravagante, pero teniendo en cuenta que el congreso era de literatura medieval a nadie le extrañó, ni que el caballero que hizo la última llamada se hubiera inscrito con el nombre de Tristán.

—A ver, a ver, un momento. ¿Me está diciendo que la dama desaparecida era Isolda y que la última persona que habló con ella era un caballero llamado Tristán? Está de broma, ¿no?

—Para nada.

—¿Y se sabe dónde está ese tal Tristán ahora mismo?

—Pues...No. El jurado que salió al pasillo para comprobar qué pasaba con la línea del teléfono regresó a la 201 para comentar con Tristán lo que había pasado y no lo encontró allí. Desde entonces lo hemos estado buscando, pero no hemos dado con él. Y resulta que tampoco tenemos más datos de su persona, ni familia, ni contactos, ni nada. ¿No le parece demasiada coincidencia?

—¡Ay, madre! ¿Me está usted insinuando que Tristán ha conquistado a Isolda y se han liberado?

—Yo no he insinuado nada, inspectora. Yo solo digo que han desaparecido dos personas del hotel y se han llevado con ellos mi habitación 202.

La inspectora Segura envió al director a por unos cafés como excusa para quedarse a solas y recapacitar. Mientras lo hacía, una pequeña luz empezó a brillar en su cerebro. Estaba recordando algo... ¿No era el libro de Tristán e Isolda el que reposaba junto al jarrón de las violetas en el vestíbulo del hotel?

Bajó de dos en dos las escaleras y se abalanzó sobre él. Allí estaba la historia, narrada en verso con unas ilustraciones en las que se veía cómo los amantes tomaban una poción, se enamoraban y huían juntos. ¡No podía dar crédito a lo que estaba pasando!

Cuando llegó el director con los cafés humeantes en las manos, Marta le explicó lo que había averiguado. Mientras se lo estaba contando, un tren hizo entrada en la estación y ensordeció la narración. A continuación, se escuchó un temblor y un ruido seco sobre sus cabezas. Subieron a todo correr y descubrieron con asombro que la puerta de la habitación 202 estaba abierta de par en par. Entraron a la carrera y contemplaron, atónitos, cómo una Isolda despeinada y un Tristán semidesnudo se peleaban sobre la cama y se separaban a gritos yéndose cada uno por su lado. De la misma manera precipitada que habían llegado, desaparecieron. Por mucho que Marta corrió tras ellos, no logró alcanzarlos.

Volvió al hotel y subió a la habitación 202, donde el director, pasmado, se tomaba el café mirando al infinito.

—Nada, que no he sido capaz de encontrarlos ¡Estamos en un mundo de locos! —Y, dirigiéndose al director, le preguntó: —¿Ha mirado si está todo correcto? ¿Echa algo en falta?

El director, que a duras penas podía respirar, le respondió que no lo sabía. La inspectora estaba ya echando mano al bolsillo trasero del pantalón para sacar el móvil cuando el director, que se había acabado el café, giró la cabeza, miró a Marta Segura a los ojos con cara de cordero y sonrisa enamorada, se levantó de la cama, fue hacia ella y la sorprendió con un profundo beso de tornillo. En el libro de Tristán e Isolda, las ilustraciones empezaron a cambiar de forma, pero no llegaron a hacerlo porque una sonora bofetada rompió el hechizo, extrajo de cuajo la poción del cuerpo del director y puso los puntos sobre las íes.

—¡Vamos hombre, lo que me faltaba ya por aguantar!

La inspectora Marta Segura cogió el móvil y llamó a comisaría:

—Paco, cierra el caso, que por aquí está todo resuelto. Dame la siguiente dirección que voy para allá y aún me da tiempo de llegar a casa para cenar.

Y salió con paso decidido sin volver la vista atrás.

NOCHES DE BOHEMIA Y TRANKIMAZIN

Belén Perelló

BELÉN PERELLÓ. (Valencia, 1994). Filóloga, gestora cultural y cajera de supermercado. Lidia con el hecho de trabajar cara al público marcándose *lip syncs for your life* en su casa y escribiendo.

La pensión Jamaica es esa fachada de edificio de los sesenta atravesada por grietas que saludan a las aceras. Llueve y es Navidad, lo máximo que se ha acercado Valencia al invierno en las últimas semanas. Bajo del taxi por el módico precio de veintitrés euros. Me ha sableado un poco porque ha tirado por el camino largo, pero no me importa. Disfruto con saber que este taxista se irá a su cena de Nochebuena pensando que le ha hecho el tongo a otra ignorante más. Gracias, hasta luego. Si la fachada ya daba espanto, al recepcionista me dan ganas de explicarle que está bien llevar camisetas sin lamparones. Mi primer buenos días ha sido ignorado, ya que el enjuto señor está frente al ordenador viendo vídeos de corte conspiranoico sobre el Santo Sepulcro y la Sábana Santa. Menos mal que he traído trankimazin. A pesar de ello, se ha atrevido a mirarme por encima de sus gafas al comprobar en mi DNI que no soy ninguna turista, que solo vivo a dos pueblos de aquí. No pregunta, está acostumbrado a no indagar sobre las vidas de, en este momento, sus cuatro huéspedes, lo que puedo deducir a partir de las llaves que faltan en el estante. En mi habitación intento ponerme cómoda, a pesar de ese silbido que proviene de una ventana mal sellada y de las manchas sospechosas en la alfombra de un color salmón que me invitan a no querer comer nunca más en mi vida ese pescado. A pesar de todo, la pensión está a la altura de los tiempos, tiene tele y wifi. Me conecto e intento avanzar algo de faena, pero no contesto ningún mail, no se vaya alguien a pensar que hay una maldita *loser* teletrabajando en Navidad. El móvil recibe una notificación tras otra, todas y cada una de ellas de mi familia. Están consternados por el hecho de que tenga que trabajar durante las fiestas. Cuando les conté que tenía que viajar por trabajo, mi madre casi se echa a llorar al saber que, por primera vez en cuarenta años, su primogénita no estaría en casa en Navidad. Pero esta primogénita jamás ha tenido un neonato entre sus brazos y la familia ya no es hogar sino una patada en los ovarios el día de más dolor menstrual. A los treinta y uno rompí con Diego, mi primer novio en serio. Vivíamos juntos en un pisito cochambroso, pero como estaba cerca del centro, en zona de moda, nos creíamos los reyes del mundo. Desafiando una precariedad que deberían soportar otros jóvenes hombros, pero no nosotros. Después de seis años de relación, en los cuales nuestras familias esperaban con recelo la noticia de un enlace matrimonial y un nietecito, esa plegaria no tuvo fin para mí. Según mi tía, que se creía personaje de Jane Austen y siempre me buscaba pretendientes, mis ovarios eran una vieja tienda de muebles al lado de Ikea. Me estaba quedando obsoleta y no dudaba en recordármelo cada vez que me veía. Como podéis imaginar, este tipo de cosas se incrementan en época festiva. Así que, a pesar de que mi psicóloga me recomendaba lo contrario, decidí inventarme un viaje de negocios en plena Navidad para, al menos, no sentir mi sistema reproductor envejecer a medida que me como las uvas. Una vez termino de trabajar, unas masturbaciones y unas siestas después, me dispongo a bajar al bar de al lado porque, evidentemente, en este zulo no preparan comida. «Sshh. Tss. Tsss. Nena», oigo nada más salir de la habitación. El mismo señor de la recepción, Emilio, según indica su chapa, está apoyado en el marco de la puerta de lo que parece ser el cuartito de limpieza. Miro el mocho negro. Lo entiendo todo.

—Oye, guapa, ¿me puedes leer las instrucciones de esto?

Me pasa una botella de friegasuelos. Le leo las enrevesadas y poco lógicas instrucciones y me responde con un silencio de boca abierta y ceño fruncido.

—Pero entonces, esto es para el suelo, ¿no, niña?

Después de asegurarle que se trata del producto que busca —y necesita—, me cuenta que la señora de la limpieza está de vacaciones y es la primerita vez en su vida que se ha de encargar de limpiar algo, lo cual me suena lógico si observo más de dos segundos su pelo. Intento escaparme de esta conversación cavernícola, pero en cuanto me doy la vuelta, Emilio me vuelve a interpelar con un «¿*Tas ocupá*, muchacha?». Le digo que sí, que he venido a la pensión porque soy escritora y durante las fiestas tengo que terminar, sí o sí, un manuscrito.

—Ah, bueno, pero si solo tienes que escribir, me puedes echar una mano. Es que..., verás... —dice,

75

interrumpiéndome—. Vosotras entendéis de estas cosas mejor y si la señora Encarna vuelve y no ve esto como os gusta a vosotras...

«Limpio», pienso.

—Se me va a caer una buena encima y no quiero que deje la pensión, como ya pasó hace un tiempo.

Lo miro atónita y, sin decirle nada, abandono la idea de ir al bar y me vuelvo a meter en mi habitación hasta que se marche del pasillo. Intento respirar por no ponerme a discutir con un completo desconocido cuyo sentido de la higiene personal está muerto, pero este intento de calma se ve interrumpido por las siguientes notificaciones:

Mensaje de la tía Dolores:

Hola, cariño, espero que estés disfrutando de las Navidades todo lo que puedas, aunque estés trabajando. Sabes que tu tía siempre se preocupa por ti, por eso creo que te podría interesar este panfleto que vi el otro día.

Foto de la tía Dolores:

Imagen de un anuncio de una clínica de reproducción asistida, donde aseguran un 70% de casos exitosos en mujeres mayores de cuarenta años.

No me he escapado de la charla familiar. Es el momento de mi trankimazin. Puede ser que haya tomado más dosis de la que realmente necesito. Me acuesto en la cama en un estado de letargo en el que, a pesar de todo, no consigo calmarme. Bebo demasiada agua, con la esperanza propia de una científica loca de diluir el tranquilizante. Lo único que consigo es que me suban arcadas. Voy al baño corriendo, pero cuando llego todo se me ha quedado en un negro propio del final de una función.

Como un perro que sueña que corre, en mi inconsciencia aparezco en la recepción del hotel y Emilio ya no es Emilio, es un duendecillo muerto tumbado en un desvencijado sofá negro. Le lloro y no puedo parar. Estoy yo sola velándole. Le canto. Le leo instrucciones de diferentes productos de limpieza. Incluso le llamo mi amor. Empiezo a cantar una canción en la cual solo repito lo que podríamos haber sido, lo que podríamos haber sido, mientras me pongo uno de los cojines del sofá en la panza, por debajo de la camisa. Bailo. Cojo el jarrón de mostrador, tiro unas flores de un violeta estridente que me hiere la vista y me bebo su agua. Es limpiacristales. Vomito y convulsiono. Me saco el cojín de debajo de la camisa solo para descubrir una protuberancia en mi propio vientre. Lloro hasta que me despierto en el suelo del váter.

TRES LIRIOS MORADOS

Cristina Cifuentes Bayo

CRISTINA CIFUENTES BAYO. (Madrid, 1960). Escritora de madurez, recibe formación continuada en cursos, talleres, encuentros con autores y grupos de escritura. Tiene varios premios y publicaciones de concursos de novela, relato y poesía. En 2018 Donbuk Editorial publicó su novela *El blues de la luna sin humo*. Ha participado en varias antologías de relatos y publicado prólogos y textos de encargo de estilo creativo, narrativo o poético para catálogos, páginas web y publicaciones solidarias. Página web personal: www.irae.es.

El recepcionista de día fue quien encontró a la mujer al incorporarse a su turno de trabajo, a las seis en punto de la mañana. Nada más abrir la puerta, la luz automática iluminó la escena: el sofá negro sobre el que estaba tumbada, la cabeza ligeramente elevada por uno de los cojines blancos, los ojos cerrados y los tres lirios morados sobre su cuerpo desnudo: uno de ellos tapaba el pubis; los otros dos rozaban sus labios, sujetos por los dedos entrelazados con sus tallos, las manos cruzadas sobre el pecho.

Gonzalo confesó a la inspectora que, en un primer momento, ni siquiera se asustó. Varias ideas transitaron fugaces su imaginación: el rodaje de una película o una sesión de fotos para una agresiva campaña publicitaria, quizá por el día de la mujer trabajadora o el del cáncer de mama. La herida de bala que se adivinaba bajo el pecho izquierdo de la mujer, el breve reguero de sangre espesa, seca, que apenas manchaba otro de los almohadones, las flores así dispuestas, todo parecía formar parte de un escenario, dijo. Un cuadro de Hopper, pensé, sin saber por qué. Hopper no pintaba mujeres muertas, dijo, interesada, la inspectora. No, pero casi. Las pintaba el día antes de morir, ¿no cree? De suicidarse. Siempre me ha dado esa impresión, la de que esas mujeres ya habían comprado las pastillas, escrito la carta, contemplado la última puesta de sol.

¿Por eso no buscó a su compañero de inmediato?, insistió ella, volviendo a su papel de investigadora. No sé. No estaba en el mostrador, pensé que habría ido al servicio y entré en nuestra habitación para ponerme el uniforme. Entonces me di cuenta de que no olía a café, como siempre que Fernando hacía el turno de noche. No estaba la cafetera sobre el hornillo, ni su taza fregada, ni la radio puesta. Bueno, no habría sido aburrido, con ese montaje, pensé y abrí el armario para sacar mi ropa de trabajo.

El temblor sacudió de nuevo las manos del recepcionista de día, sentado en la silla del fondo del mostrador, de espaldas a la puerta, al sofá negro, al jarrón vacío, a la pantalla del ordenador, al libro de registro donde había buscado el nombre de la mujer muerta. En calzoncillos blancos y calcetines negros, tal y como estaba cuando le cayó encima el cuerpo inerte de su compañero al abrir el armario. ¿No quiere volver a vestirse? Si me saca mi ropa, pidió con aprensión, la que había dejado sobre la silla.

Un único disparo también, a quemarropa, este en mitad de la frente. Usó el cojín para silenciarlo. Antes le obligó a meterse en el armario, dijo el forense. La pistola estaba también dentro, ya está embolsada. Le faltaban dos balas. ¿Hay alguien arriba? Sí, le esperan los de la científica.

Le dio la ropa. ¿La conocía? Sí, llegó ayer por la mañana temprano, yo mismo la atendí. Estuvo poco rato en la habitación. Se cambió de vestido, al salir llevaba uno rojo y el abrigo gris, a juego con una boina. Pensé que era muy francesa, desde luego. Aquí no se ven mujeres así. No volvió antes de que acabase mi turno. Bien, necesitaremos hablar con quien hizo el turno de tarde. Mi compañera Alicia.

El propietario era joven todavía, aunque aparentaba más edad, quizá porque llevaba la cabeza rasurada. Hizo un desmedido gesto de horror al cruzar el umbral y contemplar el cadáver de la mujer. Al fin y al cabo, pensó la inspectora, el dueño del hotel ya sabía lo que iba a encontrar, lo habían despertado con la noticia. Otras tres personas venían juntas detrás, charlando y riéndose. Ya era casi la hora de entrada del personal de cocina y limpieza. Nadie les había informado de lo que les esperaba, aunque las sirenas de los vehículos de emergencias y policía y las luces giratorias rompiendo la noche eran suficiente aviso de tragedia. Se quedaron en la puerta, contestando a las preguntas de un uniformado. Dejaron de reír.

El expreso de las siete —el mismo del que había bajado la francesa veinticuatro horas antes— anunció su salida soltando una descarga de vapor, tan solo un efecto publicitario. Al fin y al cabo, era el emblemático París-Barcelona, de los pocos trenes que entraban aún a la

Estación Central. El sol trepó por sus muros de ladrillo y azulejos, incendió los ventanales de cristaleras emplomadas y se alzó sobre el techo de cristal del edificio, derramándose hasta la puerta de apertura automática del hotel, que el recepcionista, con un gesto también automático, había accionado al entrar. La luz natural, intensa, iluminó entonces el sofá negro, el cuerpo blanco, los lirios morados.

Algunos viajeros salieron de la estación arrastrando sueño y maletas. Ninguno hizo amago de entrar en el hotel, nadie ajeno a él llegó a ver el cadáver. Una de las limpiadoras pasó junto al cuerpo lívido sin inmutarse y volvió con una sábana limpia para cubrir aquella imagen casi onírica. La muerta había sido la única ocupante de la semana que terminaba.

La inspectora pidió café para los recién llegados, para el recepcionista, ya decentemente ataviado con su ropa de calle, y para sí misma. Alicia tardaría un poco más en llegar, no pudieron localizarla hasta que llegó a la contaduría en la que trabajaba por las mañanas.

Los camilleros sacaron el cuerpo del recepcionista de noche enfundado en una bolsa sobre una camilla ligera y procedieron a ocuparse de la mujer francesa. La ciudad se había puesto en marcha y los curiosos comenzaban a agolparse alrededor de las cintas de plástico del perímetro que custodiaban otros dos policías. Arriba, los de la científica buscaban huellas en la habitación anodina. La puerta no había sido forzada. El televisor, antiguo, estaba apagado, al igual que las luces de la estancia. La ventana de hoja única permanecía cerrada, con la persiana baja y un simple visillo blanco. Sobre el escritorio, el bolso negro y la boina gris y, dentro del armario, colgaban de humildes perchas de plástico un traje de chaqueta verde, una gabardina ligera y el abrigo. La blusa usada se arrugaba sobre uno de los estantes. La maleta abierta, con un jersey delicado, el pijama y algo de ropa interior, ocupaba otro.

La cama estaba sin deshacer, salvo por la almohada, que había caído al suelo quemada por el disparo. La mancha reseca de la colcha mostraba el contorno izquierdo del cuerpo que la había ocupado. El colchón aún goteaba y la sangre se había extendido, viscosa, dibujando los intersticios de los baldosines hidráulicos. En el cuarto de baño escueto, el neceser, los sobres de jabón y champú, abiertos y vacíos y las toallas usadas constataban que la mujer se había duchado. El vestido rojo y la ropa interior que llevase puesta estaban en el bidé. Los agentes tomaban muestras y huellas dactilares. Cuando los de la científica acabaron allí, bajaron a inspeccionar el cuarto de servicio de recepción y la entrada, una vez retirados los cadáveres.

La inspectora aún esperaba al personal del turno de tarde contemplando el trasiego de la calle, ensimismada en sus pensamientos. Los demás se reunieron en la cocina, esperando a que les dieran permiso para abandonar el hotel. Los vehículos de emergencias ya se habían ido y los policiales estaban aparcados en la calle lateral, con las sirenas apagadas. El centro de la ciudad recobró su aparente normalidad.

Alicia aportó por fin novedades: la francesa volvió al atardecer, cuando acababa mi turno. Me avisó de que llegaría un caballero a buscarla en una hora, más o menos. Que por favor la despertásemos, ya que se iba a echar un rato. Lo dejé anotado para recordárselo a Fernando. Y así lo hice. ¿Y dónde está esa nota? Revolvió un poco, miró en la papelera. No está. Qué raro. Sí, es raro, dijo la inspectora. ¿Recuerda el nombre? Manuel. Manuel… Fernández. O González. Creo. Era un apellido muy corriente. Pues lo tenemos claro.

La inspectora llamó a todos de nuevo al comedor. Les informó de los detalles imprescindibles, por si alguien recordaba algo que pudiera ser de interés. Gonzalo dijo que la pistola era del propio Fernando, que casi siempre hacía el turno de noche. Tiene licencia, o eso me dijo. La guardaba en su taquilla, siempre bajo llave. No en el armario grande, donde colgábamos todos la ropa. Quizá la sacó para defenderse. Al irse el personal, incluido el propietario —«Por favor, todos localizables, sin salir de la ciudad»—, la inspectora comprobó el registro de llamadas internas. Vacío. Nadie había avisado a la ocupante de la habitación de la llegada del hombre al que esperaba.

El jefe de la científica le pasó unos guantes antes de entregarle la cartera del difunto. Fernando Fernández García. DNI, carnet de conducir, licencia de armas en regla, un billete de diez euros, dos tarjetas de crédito y una cita con el dentista. ¿No hay un pósit con un nombre? Manuel… ¿algo? No, en un bolsillo llevaba estas monedas, en el otro tabaco y mechero. En la taquilla tres botellines de agua y un cuaderno de dibujo. Aquí lo tienes todo. ¿Desnudos? No, paisajes. De montaña. Lapiceros y rotuladores de punta fina, negros. No era Velázquez. No, Fernández, o González. Velázquez, el pintor, digo. Ah, la inspectora mira al de la científica con curiosidad, no sabía que también entendieras de pintores. Y no entiendo. Fernández es el muerto. Fernando Fernández. Yo digo el pósit. Un visitante que no ha dejado rastro. Me temo que el asesino de los dos. Rastro habrá. Siempre lo dejan. Ojalá. Dame algo. Tendrás que esperar. Había pelos en el lavabo de recepción. Apenas, pero había.

Costó casi un mes detener a Fernando en Chile, malviviendo en una pensión humilde, aun más que el céntrico y pequeño hotel barcelonés en el que trabajó. El marido de Alicia, al que la enésima crisis de la construcción había dejado en el paro, ocupó su lugar. Esta noche está nervioso; una mujer francesa, sola, se aloja en el hotel. Parece normalita, ni boina gris ni nada. Cualquiera diría que es de Badajoz. Abre un cajón y saca el recorte de un periódico sensacionalista: Resuelto el crimen del Hotel París. Mató a su gemelo por despecho, dice el titular. Y, destacado: El asesino obligó a su hermano gemelo a afeitarse el bigote antes de asesinarlo de un disparo en la frente. El suelto daba varios detalles escabrosos y aclaraba: Fue por casualidad que los amantes se citaran en el hotel en el que trabajaba el asesino. Al ser detenido, confesó que tramó el crimen al ver el nombre de la mujer inscrita en el registro de huéspedes. Lo del nombre del pósit, pues, no era coincidencia. Comprendió que ella esperaba a su hermano gemelo y la sorprendió al salir de la ducha. Los hermanos llevaban sin hablarse desde que, siendo emigrantes en París, se enamoraron de la misma mujer: ella, Amélie. Pero fue Manuel quien se llevó el gato —la *chatte*, en este caso— al agua, aunque no por mucho tiempo. Pronto rompieron. Fernando había vuelto a Barcelona. Manuel buscó fortuna durante unos años en América, sin suerte. A su regreso, llamó una vez a su hermano para pedirle dinero. Su futuro asesino no se lo dio. Nunca le había perdonado, acababa, drásticamente, el artículo.

Nadie supo que los lirios del jarrón que llevaba cada lunes al hotel eran en honor a los ojos color violeta de la francesa, único amor de su vida.

SOY YO

Eva Martínez Dinnbier

EVA MARTÍNEZ DINNBIER. Nació en Valencia en 1987. Desde pequeña fue una chica de ciencias: le encantaban los puzles, las construcciones, los juegos de lógica y las matemáticas. Fue al emigrar para trabajar de ingeniera en Austria cuando le surgió la necesidad de escribir sobre su experiencia. Comenzó a relatar lo que iba viviendo en el país extranjero y, de este modo, le cogió el gusto a las letras.

Más adelante, marchó a un viaje largo por Asia y Oceanía, sin separarse de su diario personal durante todo un año. Algunas de sus vivencias tomaron forma de relatos cortos y fueron publicados en su blog y en redes sociales. Recientemente, ha comenzado a escribir relatos de ficción en su tiempo libre.

—Fernando... ya no follamos como antes —le digo sin más, acurrucada en la cama del hotel.

—Hace tiempo que no —corrobora él, sin ningún atisbo de resentimiento, mientras termina de ponerse el pijama—, pero nos queremos más que nunca —añade, aunque no hace ningún gesto afectivo.

En las otras ocasiones era muy cariñoso conmigo. «Todo irá bien», me susurraba siempre al oído, tras darme un mordisquito en el lóbulo. Al principio me tranquilizaban mucho esas palabras. «Todo irá bien», me repetía, abrazándome con fuerza por la espalda y mordisqueando mi oreja. Y yo sentía que ese abrazo expulsaba de mi cuerpo todas las preocupaciones. Sentía que las palabras me aportaban calma y el mordisco, seguridad.

Recuerdo que soñaba despierta, que pensaba que funcionaría. Imaginaba que todo iba a cambiar, que viviríamos una vida feliz. «Todo irá bien», volvía a susurrarme, acompañando siempre las palabras con ese suave pellizco de sus labios en mi lóbulo. Y yo exploraba esos bonitos pensamientos. Divagaba entre esas ideas de un futuro lleno de amor, hasta que finalmente me quedaba dormida bajo su abrazo. En esa época confiaba realmente en que todo iría bien.

Pero no fue bien. Y por eso estamos esta noche de nuevo aquí. Fernando apaga la tele y se mete en la cama, a mi lado, pero distante. Esta vez no hay abrazos. Ni mordiscos en la oreja. Ni palabras susurradas. Casi lo prefiero. Con el tiempo me he vuelto muy supersticiosa. Pienso que un todo irá bien solo hará que vaya mal. ¡Vaya tontería!

Vale que no diga las palabras, pero... ¿por qué no me abraza? Al menos podría dedicarme unas caricias... ¿Tal vez esté nervioso? ¡Pues claro que está nervioso! Mañana será un día importante. Tal vez el más importante de nuestras vidas, en el que se decidirá nuestro futuro. Y, a pesar de eso, no será mañana cuando sepamos lo que va a ocurrir.

Odio esta incertidumbre. Pensaba que iría aprendiendo a lidiar con ella. Pero me sigue costando, a pesar de mis sesiones con la psicóloga. Y es que, ¿cómo puedo planear mi vida si no sé lo que va a pasar? Ya, ya sé que nadie lo sabe. Pero esto es diferente. La incertidumbre me paraliza. Se mete en mi cuerpo. Me impide tomar decisiones más allá de la mera supervivencia diaria. ¿Cómo tomo decisiones que sirvan tanto si todo va bien como si no? «Teniendo claras tus prioridades», me diría la psicóloga. Pero es que hay veces que ya no sé cuáles son mis prioridades.

Oigo un tren pasar. La estación se ve desde la ventana. Siempre que venimos a la capital elegimos este hotel, pues queda muy céntrico. Cuando empezamos a venir, no necesitábamos hotel. Bastaban un buen madrugón y una paliza de coche. En el mismo día, nos hacíamos los doscientos kilómetros de vuelta. ¡Incluso me iba directa al trabajo justo después!

Eso era cuando aún tenía trabajo, claro. Cada vez me resultaba más difícil compatibilizar los turnos. Ya no sabía qué excusa ponerle a mi jefe. Y tampoco podía contarle la verdad, seguro que me habría echado. De poco sirvió ocultarlo, pues me acabó despidiendo igualmente. Parece que los tres meses que pedí de excedencia no le hicieron ninguna gracia.

En realidad, me sentí aliviada cuando me quedé en paro. Así estaba mucho más relajada. Pero comenzamos a ir mal de dinero. Fernando insistió en que me veía mucho mejor así, sin preocuparme por hacer malabarismos con los turnos de trabajo. Aseguró que podíamos recortar gastos y mantenernos solo con su sueldo.

Vendimos el coche. Nos mudamos a un piso más barato, más cerca de su trabajo. Por eso, desde entonces, no tenemos más remedio que venir a la capital en tren. Y con el primero de la mañana no se llega a tiempo, así que nos toca hacer noche.

Las primeras veces disfrutábamos mucho de la estancia. Suponía un cambio de aires, me gustaba el estilo y la cama era más grande que la nuestra. Aunque lo mejor era que tenía bañera. Acostumbrada a tener solo ducha en casa, era una gozada. No estaba nada mal por treinta y cinco euros la noche.

—Diana, ¿te acuerdas de Tailandia? —me dice Fernando, sacándome de mis pensamientos—. Allí sí que follábamos.

¿Cómo iba a olvidarme de aquellos tres maravillosos meses? Cada vez que me acuerdo de Tailandia, me viene la misma imagen a la cabeza: las aguas cristalinas, la arena blanca y las palmeras en primera línea de playa. ¡Qué días aquellos! Cuando la mayor preocupación era decidir si beber un coco o un batido de mango.

¡Oh, Tailandia! Nadar entre corales, tomar el sol y comer pad thai formaban parte de nuestra rutina diaria. Aunque lo mejor eran las noches. Tras esos impresionantes atardeceres en los que el cielo se teñía de rojo, nos retirábamos a nuestra cabaña. Hacíamos el amor. A veces suavemente; otras, con tanta pasión que crujían todas las maderas de la construcción. Pero siempre rodeados de la mosquitera que colgaba del techo. Me sentía en una nube, como si esa mosquitera nos protegiese de todos los problemas.

—¡Pues claro que me acuerdo! —Y no puedo evitar añadir—: Pero no sirvieron de nada esos meses.

—¿Cómo que no sirvieron de nada?

—Bueno, sí, lo pasamos bien, pero ya sabes a lo que me refiero.

—Sí, ya lo sé...

Nos quedamos en silencio. Qué manera de matar un buen recuerdo. Alargo el brazo para apagar la lamparita. Tanteo por la mesita de noche: Tap. No, esto es el teléfono. Tap. Mis gafas. Tap. La carpeta de los documentos importantes. Tap. Aquí está, el interruptor. Oscuridad.

—Buenas noches, cariño.

—Buenas noches, mi amor.

Mierda. Se escucha el lloro de un bebé en la habitación de al lado. Mierda, mierda, mierda. Lo sabía. Cuando hemos hecho el *check-in* en la recepción, estaban ellos. El padre rellenando los datos y entregando los DNI. El cochecito, aparcado junto a un jarrón con flores violetas. La madre, sentada en el sofá negro de la entrada, con el brazo apoyado en uno de los cojines blancos, amamantando a su bebé. Recuerdo haber desviado la mirada. No podía soportarlo.

¿Qué probabilidades había? Vale, hay pocas habitaciones en el hotel, pero, ¿tenían que tocarnos justo al lado? El llanto del bebé es cada vez más insoportable. ¿Es que sus padres no van a hacer nada? La furia me invade y me entran ganas de golpear la pared con todas mis fuerzas, aunque sé que no serviría de nada.

—Ya es lo que nos faltaba —me quejo.

—¿Cómo que lo que nos faltaba? —responde Fernando somnoliento.

—Nada, olvídalo. Buenas noches.

Claro, él no se da ni cuenta. ¿Cómo hace para no escuchar los lloros del bebé? ¿O acaso los escucha y no le afectan? Es injusto. Siempre hemos dicho que esto lo sufrimos los dos, pero no es verdad. Bueno sí, pero no de igual manera. Como todas las otras veces, mañana temprano él irá a darse un atracón al bufé libre. Mientras, yo me acabaré de arreglar. Me pondré mis braguitas de estampado de piña y mis pendientes a juego. Ya dije que me he vuelto supersticiosa. No pegaré ni un bocado, ni siquiera beberé un café. Y no porque no quiera. Es que soy yo la que tiene que ir en ayunas.

Soy yo la que después, en la clínica, tendrá que abrirse de piernas para que le metan un catéter. Soy yo quien se ha estado pinchando hormonas en la barriga. Soy yo la que lleva el control de la agenda, para no olvidar ni una pastilla, ni una cita, ni un análisis de sangre. Y la que he tenido que pasar por quirófano varias veces, para las punciones y las histeroscopias. Sí, esa soy yo.

Al menos, mañana será la última vez. Me implantarán nuestro último embrión. La última oportunidad. Hemos decidido parar, porque no puedo más. Consigamos el embarazo o no, terminará esta pesadilla de la fecundación in vitro. Y podremos dejar de sentir que vivimos en una eterna pausa, pase lo que pase.

Podré volver a planear escapadas con mis amigas, sin estar pendiente de qué día ovulo. Y reanudar mis clases de zumba, sin tener que faltar porque me manden reposo.

Buscaré trabajo, sin tener que dar explicaciones ni faltar cada pocos días para ir al control ginecológico. O simplemente haré planes sin estar pendiente de la hora de la inyección de la medicación que, para colmo, no puedo llevar en el bolso porque necesita refrigeración. O seré madre, claro, eso también podría pasar.

Fernando me abraza por la espalda. Siento un mordisco en la oreja, y su respiración en mi oído.

—Irá todo bien, mi amor —me susurra.

THE SHOW MUST GO ON

Françoise-Claire Buffé-Moreno

FRANÇOISE-CLAIRE BUFFÉ-MORENO. Nacida en Rennes (Francia), se aficionó al castellano y se encariñó por España hace casi cincuenta años. Dedicó su vida laboral a enseñarlo. Sin embargo, le seguían atrayendo el mundo artístico (teatro) y la literatura. Por fin, instalada en Valencia y jubilada, puede profundizar en la escritura. Primero siguió talleres de escritura en *Bibliocafé* con Vicente Marco, luego otros con Susi Bonilla, Susana Gisbert, Eloi Yagüe. También se interesó por la novela histórica y la crónica. Participó en varias antologías y publicaciones de talleres (también en la Revista digital de Valencia Escribe y VisiBiliz-ARTE). Allí conoció a compañeros de letras que se convirtieron en amigos.

También le interesa la novela negra y por ello participa en el Club de Lectura de Novela Negra de la Librería Gaia de Valencia y en el Festival de Valencia Negra desde que vive en esta ciudad.

Ha escrito, asimismo, alrededor de quince críticas y entrevistas sobre cine en el sitio web francés www.cinespagne.com.

Desde 2018 forma parte del grupo literario *Grafomaníacas*.

Hacía tiempo que no lo llamaban para un caso. Llevaba años colaborando con la comisaría del barrio de la estación: pero la última vez el fracaso, o más bien la ausencia de éxito, imperdonable para un detective, había desalentado una relación cada vez más distendida.

Sin embargo, aquella tarde recibió una llamada extraña, y percibió en la voz familiar de su interlocutora un miedo que le impedía pasar por alto su demanda. Se apresuró para llegar cuanto antes al hotelito de Anita.

A esas horas de la madrugada, las calles del centro estaban desangeladas, solo los barrenderos las coloreaban con su traje fluorescente, y los palomos se reunían alrededor de las escobas o los carritos con un hambre agresiva. Eso le recordó unas películas en blanco y negro de cine clásico; solía ser el preludio de algo misterioso, ilegal o demoledor.

La visión que se le impuso, al llegar al hotelito, era de este tipo.

Franqueó el umbral con aprensión, y lo que vio era impresionante: en recepción se hallaba una mujer cuyo pelo rizado, flameante y largo se esparcía por todo lo negro del sofá. Parecía dormida. Sin embargo, por la palidez de su rostro y la piel casi transparente se percató de que más bien se había despedido del mundo. Llevaba un vestido escotado y zapatos de tacón de terciopelo, todo de color violeta, un color que hacía juego con las flores del ramo que adornaba el mostrador de recepción.

Tanta insistencia por el morado parecía sospechosa.

Enseguida aclaró a la dueña del hotel que no lejos de aquí, en el Parque Central, se estaba desarrollando por tercera vez un festival que habían llamado Valencia Violeta; no cabía duda de que había una relación con este evento.

Anita, conocida suya de fiestas adolescentes, parecía alarmada y desamparada, y le pidió que no revelara nada a la prensa, cosa que no urgía de momento pero que sabían inevitable.

Se acercó a la imagen tan pálida que rozaba la perfección. A Anita le tembló la voz al explicarle que había encontrado el cadáver al amanecer. Cuando de repente lo relacionó con los carteles que había visto por el centro. Esto parecía gordo, se encontraban ante un caso que no iba a pasar desapercibido.

Era de suponer que los periodistas se hincharían a comentarios desenfrenados y agudizarían la curiosidad natural del oficio al enterarse de que la muerta era una de las estrellas del festival. Esta, para preservar su intimidad, no quiso revelar a la dueña su verdadera identidad.

Pero él le contó que se trataba de una famosa escritora, íntima amiga del equipo organizador.

Las organizadoras del festival eran tres mujeres de armas tomar, cada una con su estilo. Marga era una mujer glamurosa, de voz ronca y potente extremadamente sensual; llamaba la atención enseguida por su figura, siempre vestida de negro, que contrastaba con el mechón de su cabello de color vivo. Loli era pura dinamita energizante, pizpireta de entusiasmo estridente, y despertaba una simpatía inmediata, gracias a la generosidad de sus curvas.

Y por fin el trío de amigas se cerraba con Tessa, la más joven e idealista del grupo, una irlandesa llena de pecas que valía tanto por su experiencia de trotamundos y sus dotes por los idiomas, como por su empatía espontánea; conseguía evitar chascos y riñas a punto de estallar. Las tres se habían conocido años antes en un taller de escritura que dirigía Marco, una eminencia en el mundillo literario de la ciudad. Bajo su batuta había sabido impulsar la carrera de cada una de las escritoras como solistas. Pero las tres amigas no se conformaron con el éxito individual, les animaba una sólida convicción de feminismo vocacional. Y se decidieron a dar el primer paso: montar un festival de escritores feministas que llamaron, cosa obvia, Valencia Violeta. El empeño y las amistades consolidaron el trío; toda una orquesta se puso en movimiento a su alrededor. A la concejala de cultura le entusiasmó el proyecto y lo apoyó con una financiación y una logística que dio envidia y, cosa inevitable, despertó celos amargos. Se celebró dos años con éxito rotundo. Luego, se les fue de las manos.

No se podía eludir que tomaron iniciativas que no gustaban a todos; especialmente a algunos autores masculinos, que hicieron florecer declaraciones vengativas. Al sentirse despreciados las tacharon de feminazis, de sexistas, de marimachas.

El detective no quiso entrar en una polémica que, otra vez, volvía a incendiar de insultos vociferantes las redes y los medios: en una sociedad que no lograba elegir entre progresismo y tradición, el festival tomaba partido por la igualdad, la denuncia de abusos y la visibilidad de las mujeres artistas.

Como hombre, y aficionado a la escritura, sentía repelús al cruzarse con mujeres de fuerte personalidad que parecían agredirlo en cada declaración. Al principio, le cayó bien el trío. Marga y Loli habían sido compañeras suyas de taller, pero rápidamente el festival se transformó en reivindicaciones demasiado ofensivas, a su gusto.

Entonces evitaba conversar con la mayoría de las invitadas, incluso se negaba a leer los artículos que relataban las conferencias. Esta forma de ser le resultaba demasiado atrevida. A unos colegas suyos de igual parecido les gustaba gritar en voz alta que no les tenían miedo, y no dudaban en insultar y desgañitarse contra el poder feminista que se deslumbraba y les hacía sombra. Se desencadenaba una guerra mediática de insultos recíprocos. Pero él siempre actuaba a escondidas: esperaba su momento.

Por eso, que recurrieran a él las tres amigas, apenas una hora después, para encargarle el caso, lo llenó de turbios sentimientos. Estaba dividido entre la lealtad y los rencores. Comprendió que lo ponían a prueba, que se servían de él. Por un lado, se sintió halagado, pero por otro lado le molestó. No podía negarse a prestarles ayuda. Entonces pensó que también se podía aprovechar de la situación.

Pidió que lo dejaran a solas con la bella durmiente, una autora cincuentona de renombre nacional cuyas obras panfletarias provocaban escalofríos.

La observó detenidamente y recorrió su cuerpo con la mirada de pies a cabeza. Destapó enseguida los tatuajes que llevaba, encima del pubis, y entre las tetas: eran como una declaración de guerra. Pero la guerrera había librado su última batalla. No pudo sino sentir satisfacción delante de la víctima expiatoria, al contemplar el cuerpo embellecido por el color marmóreo.

En el informe puso de relieve las finas marcas en las muñecas, huellas que podían delatar un secuestro. Y en su cuarto del hotel se hizo con unas cartas de amenaza misteriosamente firmadas con el dibujo de un iris morado. Las encontró fácilmente, ya que sobresalían entre el televisor y la ventana, cerca del teléfono, dejando claro que recibió o hizo una llamada relacionada con ellas. La misma flor se encontraba desdibujada en los cojines blancos de la recepción, como si fuera una firma: una escenificación lograda. Sus conclusiones eran que una personalidad rival había podido poner fin al éxito chirriante de la autora: Susana Laredo, cuyas obras llevaban tres meses en los escaparates de las mejores librerías locales. Rivales eran muchos, y muchas le tenían ganas.

El análisis forense evidenció la inyección letal que puso fin a sus días. Un simple punto en medio del tatuaje del pubis. Justo en el centro de *Poder Femenino*: era decididamente el blanco idóneo.

Hasta ahora no se ha encontrado ninguna huella del asesino, que actuó con sigilo y firmeza. Nadie ha podido dar con ningún sospechoso.

El festival honró su memoria. Hubo declaraciones emotivas y otras más vindicativas. «A nuestra hermana Susana, compañera de luchas y letras», rezaba la banderola que se enarboló durante semanas en las naves del Parque Central donde se había desarrollado el festival. A pesar de aquel homenaje largo y tendido, el investigador pensó que a lo mejor el año próximo las escritoras se lo pensarían antes de contestar a las invitaciones y a las charlas. Fue un golpe duro al feminismo y a la cultura, dijeron alto y claro las organizadoras, afirmando con determinación que seguirían con el festival a pesar de todo.

Él, desde luego, dejó de participar en reuniones machistas; no quiso levantar sospechas.

Cada fin de semana pasea por el Parque Central, y sueña con que su querida novela, en la que sigue trabajando desde hace tres años, sea aceptada por una editorial. Ha pensado en poner un seudónimo femenino, pero igual se decantará por un nombre andrógino, o extranjero: puesto que una identidad oculta provoca mayor éxito, y no quiere que lo reconozcan. Ha optado por una novela de género negro, cuyo escenario sería... un festival literario.

En la terraza de su piso es primavera, una primavera que lo mantiene horas cuidando de sus flores predilectas: los iris morados.

ÚNICA

Gema Blasco

GEMA BLASCO. Autora valenciana que ha participado en las antologías *Poética viveLibro (2019), Cada vez más iguales* de Valencia Escribe, con *La Rampa; Mujeres en el arte, Mujeres pintoras* y *Mujeres y Trabajo*, de VisiBiliz-ARTE con los relatos *Gallinitas sapiens, Artistas* y *Prejuicios*, respectivamente. Cabe resaltar la obra apadrinada por la gran escritora y periodista Rosa Montero *En Cuentos con Rosa*, siendo su cuento *Saliéndose de los límites* uno de los ganadores para la publicación en el libro *Labios rojos, chocolate y una rosa*.

Pronto tomó conciencia de que era única. Sus primeros recuerdos permanecían latentes: el aliento original, la sensación de pesadez en los párpados al intentar abrir los ojos, la visión de sus menudas manos al alzarse, el sonido de los pálpitos de su propio corazón al apoyar la cabeza en la mullida almohada, y el tibio sabor de la leche disfrazado por el regusto a tetina recién estrenada.

Su físico se desarrollaba demasiado rápido, sus sentidos aún le resultaban extraños y, encima, la irregularidad que envolvía su ser se había visto agravada de forma abrupta por un inesperado cambio en su cuerpo: sangraba sin motivo aparente, experimentando dolor por primera vez. Haciéndola valorar su corta existencia en una maraña de sensaciones y sentimientos encontrados.

Aquel día, al abrirse la trampilla de la comida y mirar la bandeja, no se conformó con tomarla. Comenzó a cuestionarse de dónde provenían aquellos alimentos que iba a ingerir y quién se los proporcionaba. Hacía semanas que el mudo robot nodriza había dejado de funcionar, lo que la obligó a conquistar por completo su autonomía. Tras cada pregunta que se hacía, ella misma discernía las posibles respuestas como un autómata recién programado.

Deducía que fuera de allí debía de haber un orbe diferente y seguramente en este, en su entorno, podría experimentar una vida mejor. Tan solo conocía aquella opresiva habitación blanca, que le había estado ofreciendo dos dispares versiones del mundo. En una reinaba la quietud, con una vieja estación de tren abandonada como protagonista, que aprisionada por las rejas de la ventana del dormitorio parecía ser rehén de otra época. La otra narración del exterior le llegaba a través de una gigantesca pantalla audiovisual, que ocupaba casi por completo una de las paredes, haciendo que el tamaño de las personas que prestaban su imagen para las grabaciones fuera tan verídico como los parajes que mostraba y los ruidos que emitía.

Sin haber pronunciado antes palabra alguna, comenzó a gritar, intentando llamar la atención de los que intuía que la observaban y, alguien debió ponerse nervioso porque al momento una puerta hasta entonces oculta se abrió, asustándola, y haciendo que se escondiese en la bañera del aseo, para luego, incomprensiblemente, chillar con más fuerza. Pero tras unos largos segundos se dio cuenta de que nada pasaba; el teléfono no sonaba con malicia y el grifo de agua fría del baño no había sido presionado por un ente invisible para ahogarla, como hubiera ocurrido en las películas de terror. Rápidamente salió de aquella prisión de algodones y corrió, forzando sus músculos por primera vez para sentir, en pocos minutos, un cansancio irritante, que no la dejaba avanzar por los corredores. Por ventura, nadie la seguía. Llegó a un pequeño cuarto bien surtido de ejemplares literarios y, sin pararse a analizar su comportamiento, cogió un libro detrás de otro, descodificando innatamente su contenido, hasta memorizarlos todos en apenas unas horas, tras lo cual fue consciente de que acababa de aprender un lenguaje con el que poder comunicarse. Es más, había adquirido la capacidad de expresarse en varios idiomas, y quería practicarlos con alguno de aquellos personajes que se mencionaba en las novelas. La realidad y la ficción todavía eran un todo para ella.

Al salir de la biblioteca bajó dos tramos de escaleras y encontró un amplio hall de recepción, por donde, a través de sus grandes ventanales, entraba una molesta luz cegadora, que la obligó a protegerse la vista con un viejo modelo de gafas de sol que cogían polvo sobre una mesita, al lado de un jarrón con flores color violeta. Ella nunca había visto un ramo y se paró a olerlo por puro instinto, pero algo le decía que aquellos pétalos no eran naturales; no tenían aroma, al menos agradable.

Le resultaba difícil decidir cuál sería su siguiente paso, tenía miedo a lo que le esperaba tras el portón de salida. Aunque allí todo le resultaba rancio: los cuadros, el tétrico sofá negro con reconfortantes cojines blancos recostados sobre este, las cortinas de raso, los muebles pasados de estilo, la alfombra de color tierra y, sobre todo, el ambiente que se respiraba. A pesar de sus temores, tras, quizá, demasiadas horas de indecisión e introspección, se dispuso a traspasar el umbral, cuando de repente vio a una muchachita vestida con pantalón y suéter blanco que la miraba fijamente desde un cristal que colgaba de una de las paredes. Supuso de inmediato que aquello debía ser un espejo y ella la que se reflejaba en él, porque aquella muchachita, tan pálida, imitaba todos sus movimientos. Se detuvo largo rato a observarse, a gesticular y admirar su figura, puesto que jamás había imaginado que le agradaría su imagen. Por lo que sabía, las chicas rubias con ojos azules se consideraban guapas y más si estaban delgadas, cualidad que ella cumplía sobradamente, los huesos se le marcaban debido a su rápido crecimiento. Siempre tenía hambre y ahora no sabía dónde encontrar sustento. Hubiera sido mejor comer algo antes de emprender la huida.

***

Los platos iban a rebosar. Daba igual que contuvieran sopa, carne macarrones, pescado o tarta de membrillo, ella los devoraba con avidez. Se alimentaba seis veces al día, lo que le daba la sensación de estar esperando siempre una bandeja. El tiempo en aquella habitación se medía por el horario de comidas y por la duración de las películas y documentales que se emitían sin descanso. A veces se repetía la cinta, curiosamente, dependiendo de la atención que ella prestara a las imágenes. Con estas había aprendido a sentir alegría, tristeza, rabia o miedo, sentimientos que de otra forma le hubieran sido ajenos. Los sonidos eran otra cosa, porque le causaban incertidumbre, no sabía cómo clasificarlos en su mente, ni siquiera intentaba imitarlos, no se veía capaz de reproducirlos, era como si le faltaran piezas al puzle que conformaban. Lo que más la descolocaba era la música, tan bella en ocasiones y estrepitosa en otras, con ese cúmulo de notas que le trastornaban el ánimo tanto para bien como para mal. A veces ignoraba la pantalla y centraba la mirada en la envejecida estación; le proporcionaba paz, al saberla tan solitaria como ella misma. Jamás en todas sus horas de vigilia había visto presencia alguna en esta; ni un aturdido espectro que rondara sus contornos de lugar olvidado. A pesar de que en medio de la noche le hubiera sido muy fácil ensoñar lo que no existía y anhelaba.

Últimamente, su subconsciente le hacía recaer en una pesadilla: caminaba por la amplia explanada ferroviaria acompañada de una sombra, que tan pronto estaba pegada a ella como no le pertenecía. Era perturbador verse libre y creerse incompleta, cuando tendría que ser justo al contrario. Estaba segura de que en el exterior le esperaban toda clase de maravillas que no podía ni imaginar, y aunque fueran para su solo disfrute, ella sabría apreciarlas.

Al abrirse la puerta, sintió temor, pero por fin se cumplía su sueño, todo esfuerzo requerido valdría la pena. Los calambres en el vientre se repetían con frecuencia, el rojo vivo de su primera menstruación manchaba el blanco inmaculado de su vestimenta y la hacían sentir aprensión. Aun así, llegó a la habitación de los libros sin más pensamiento que la superación de sus miedos. Nunca hubiera pensado que existiera tanto saber y que sería capaz de adquirirlo sin apenas esfuerzo; su mente superaba con creces a su frágil cuerpo, que incapaz de asimilar su vertiginoso desarrollo ofrecía resistencia ante la marcha de los acontecimientos. Pero tenía que seguir.

Bajó despacio los maltrechos escalones agarrándose a la baranda de madera de la escalera, aún con la cabeza llena de versos, historias y artículos, que cedieron poco a poco su espacio a una sugestiva conversación imaginaria; con un aparentemente loco científico sobre la relatividad del tiempo. Así distrajo su inquietud hasta llegar al rellano del primer piso, donde se quedó clavada por un momento, incrédula ante lo que estaba viendo. Una muchachita, tan real como ella, observaba su reflejo frente a un gran espejo, sin percatarse de su presencia.

Ella, que siempre se había creído única, resultaba ser un clon.

EL CHIVATAZO

Ginés J. Vera

GINÉS J. VERA. (Valencia, España). Escritor, docente y divulgador. Ha colaborado tanto con artículos de divulgación como con reseñas o entrevistas literarias en distintos medios de comunicación. Sus relatos o microrrelatos han aparecido en una treintena de antologías. Es autor de *El hechizo de la mujer dragón, Exquisita tortura* y *Caperucita se hizo mayor,* además de la novela *No me gustan las lentejas* y los libros para narradores *El escritor impaciente* y *El viaje del escritor.*

A Elga Reátegui, agradecido

—Esperamos cinco minutos más y nos largamos, Marta.

Ella asintió, en el fondo sabía que su compañero tenía razón: no era seguro quedarse allí demasiado tiempo. Miró a través de la ventana de la habitación. En la redacción del periódico habían recibido un chivatazo anónimo. Alguien de una funeraria quería tirar de la manta. La expresión le sonó tan familiar. El informante, antes de colgar, exigió que acudiesen solo dos periodistas a un céntrico hotel, cerca de la estación.

—Sé cuál es —dijo Lázaro, el reportero gráfico, al director del rotativo—. Uno con pocas habitaciones, que en la recepción tienen un sofá negro, creo, con cojines blancos... —«y un jarrón con flores de color violeta», estuvo a punto de añadir, pero se contuvo recordando su última visita. Miró al director que trataba de decidir si era una buena decisión dejarles ir sin garantías.

—Es la noticia que estábamos esperando —insistió ella—, alguien que cuente desde dentro lo que nadie quiere admitir.

Pasados los cinco minutos, tras recoger el trípode y el resto del equipo, Lázaro tocó el hombro de Marta.

—Nos vamos.

De repente sonaron unos golpes en la puerta. Inquieto, se acercó para preguntar. Marta hizo un gesto afirmativo.

—Habíamos quedado a la una —protestó él dejando pasar a un hombre de aspecto cansado, mal vestido, y una joven.

—Lo siento. Debíamos estar seguros —comentó el tipo observando atento cada rincón del cuarto. Marta trató de tranquilizarlo al verle tomar el auricular del teléfono para comprobar si había micrófonos ocultos. Toda precaución es poca, pareció justificarse antes de revisar también el televisor y el cuarto de baño.

Cuando pasó junto a la joven, esta le susurró algo. Asintió.

—No podemos quedarnos mucho tiempo, seguro que lo entienden. Empecemos cuando quiera —les apremió.

—Cómo se llama y dónde trabaja, por favor. —Marta le acercó la grabadora.

—Mi nombre es Abigail. Hasta hace poco trabajaba en la funeraria El Nuevo Día.

Cruzó un gesto con el tipo de pie, junto a la ventana, antes de continuar hablando despacio, sin mirar apenas a la cámara.

Marta le tendió un pañuelo de papel al ver que lloraba. El tipo —el informante anónimo, dedujo Marta— se acercó a la joven preguntándole si se encontraba bien; podían irse sin más si quería, le susurró.

La periodista le leyó la mente y, aproximándose a la muchacha, se sentó junto a ella.

—Respire hondo y suéltelo. Se sentirá mejor. No se preocupe por las palabras, después decidiremos si las publicamos o no... Aquí no te pasará nada —la tuteó.

Su acompañante sabía que no era así, que los estarían buscando; se separó de ambas mujeres para volver frente a la ventana.

Lázaro le observó con detenimiento, por primera vez trató de imaginar qué le estaría rondando por la cabeza. Si los rumores eran ciertos, el Gobierno habría puesto precio a sus cabezas, era cuestión de tiempo que los localizaran y los hicieran desaparecer. Quizá el tipo parecía haberlo asumido, pensó, la joven aún no. Con lo que esperaban escuchar tal vez también les incluirían a Marta y a él en esa lista negra. No le importaba. Se lo había dicho al director del periódico cuando, finalmente, este hizo un gesto afirmativo advirtiéndoles de las consecuencias si no iban con cuidado.

¿Quieres un vaso de agua? —le ofreció Marta.

Abigail negó con la cabeza, se limpió las lágrimas y pidió continuar. Viéndola sentada en el borde de la cama, a Marta le evocó una escena de Hopper. Lázaro pareció leerle el pensamiento y tomó un par de instantáneas con su cámara.

—Entré a trabajar en la funeraria por una amiga. A mí no me gustaba, me daba miedo —pareció encogerse—, pero me dijo que pagaban bien. «Los muertos no hacen nada, están muertos —me insistía— y luego son cenizas, desaparecen.»

Cenizas, pensó Marta desviando la mirada. En cierto modo estaban allí por eso, por las cremaciones funerarias.

—Entonces, ¿aceptaste el trabajo? Y luego, ¿qué pasó? ¿Qué viste?

—Tuve que aprender rápido. Mi amiga se encargaba de amortajarlos, yo de llevar los ataúdes en los carritos hasta la entrada del crematorio. Un compañero y yo —Abigail miró al tipo, este había fijado sus ojos enrojecidos en el infinito—, los colocábamos uno a uno en una cinta transportadora antes de salir. Nada más, allí acababa todo. —Hizo una nueva pausa—. Al… al principio no entendí por qué sonaba música de fondo, no me parecía bien que se tratase así a los difuntos. Pero me limité a cumplir lo que me habían dicho. La cinta se llevaba el féretro hasta un túnel que se cerraba automáticamente. Luego los quemaban… a todos. —Volvió a encogerse llorando.

El silencio se alargó como si el peso de la culpa le impidiese seguir hablando.

—¿Y usted, quiere contarnos lo que recuerda? —tentó Marta al tipo que seguía sin apartar la mirada de la ventana.

Lázaro enfocó a la pareja. Aquellas dos personas iban a revelar un secreto, la noticia que, con seguridad, coparía muchos medios de comunicación durante semanas. Sintió un escalofrío premonitorio antes de que él hablase.

—También trabajé en El Nuevo Día. Durante años me encargaba de los trabajos de cremación y mantenimiento de los hornos. Cuando empecé, muy pocos clientes la preferían frente al enterramiento. Me sorprendió como a la mayoría la famosa noticia del Gobierno de establecer por ley la incineración obligatoria. Razones sanitarias, alegaron, por lo de la pandemia. Seguro que lo recuerdan... —Marta asintió—. Los ecologistas protestaron, por lo del incremento de los niveles de CO_2 a la atmósfera. Pero el Gobierno lo tenía bien pensado. Propusieron métodos de captación de vapores. Lo importante era deshacerse de los cadáveres tras certificar el fallecimiento. Nada de cementerios, insistieron. Como saben, las cenizas acaban en contenedores orgánicos, salvo por esa muestra testimonial que dan a los familiares, para ser recicladas... Otra de esas leyes incomprensibles —elevó el tono—. Si la política siempre me dio asco imagínense lo que pensé al escuchar todo aquello. Locos de remate. Supuse que alguien, aparte de los ecologistas, haría algo. Protestas ciudadanas, huelgas..., no sé. Es un auténtico disparate...

—Y lo seguirá siendo —añadió Marta al verle apretarse las manos con fuerza—. Cada año se incinera a cientos de miles de personas, se reutilizan sus cenizas sin que a nadie le parezca ya una aberración. Nos hemos acostumbrado... Al menos hasta lo del ministro. Imagino que por eso están ustedes aquí y también nosotros.

—No somos asesinos, no lo somos —repitió el tipo pidiéndole a la joven que le siguiera.

—Por favor —les detuvo Marta—, ahora no pueden irse. Necesitamos saber lo que ocurrió, al menos yo. Y seguro que millones de personas también.

Lázaro observó de nuevo a la pareja, comenzó a sentir el vértigo a punto de conocer lo que aquellas personas sabían, de las repercusiones de poder sacarlo a la luz. No se trataba como otras veces de un par de ecologistas escandalosos ni de algunas voces pagadas por la oposición política para desviar la atención del Gobierno. La verdad, por dolorosa que fuera, podía salvar vidas.

Le temblaron las manos cuando Marta consiguió convencerlos.

—Un día escuché un ruido en uno de los ataúdes —continuó Abigail—. Con la música no estuve segura, pero se lo dije a... —Miró al tipo—. Me hizo una señal para que me callara. No entendí, era como si yo misma quisiera saber si quien estaba allí dentro estaba muerto de verdad o no. La versión oficial mencionaba que los gases de la descomposición o los espasmos del *rigor mortis* provocaban, a veces, sonidos simulando ser otra cosa. Durante un tiempo me convencí de ello, aunque, ¿saben?, algo dentro de mí pudo más. Un día me negué...

—Entonces, ¿afirma que detectaron casos de personas con vida antes de la cremación?

La pregunta quedó suspendida en el aire como si la respuesta fuese demasiado obvia. Lázaro y Marta, como tanta otra gente, habían oído rumores. Al principio casos aislados silenciados por las autoridades o por médicos del Servicio Nacional de Salud. Pero la incidencia de casos de catalepsia entre la población era altísima alimentando así a los negacionistas contrarios a la polémica Ley de Cremación Sanitaria Obligatoria. A las funerarias que comenzaron a dar la voz de alarma salvando a personas de un final agónico se las empezó a señalar. Misteriosamente, fueron desapareciendo. Las presiones del Gobierno para normalizar la situación dieron lugar a amenazas veladas y a cierres de medios de comunicación al revelar información sensible.

Esta lo era, pensó Marta, cuando el hombre decidió continuar.

—Fui el primero que se plantó en la funeraria. Ella también. Nos amenazaron con el despido. Desconozco qué les habrá ocurrido a las pocas personas que logramos salvar. Oí rumores. Creo que se ha creado en el seno de la Policía una especie de división especial para silenciarlos...

por llamarlo de alguna manera. Luego sucedió lo del hijo del ministro.

—Se refiere a... —Marta no pudo acabar la frase.

—Nos pusimos en contacto un grupo de personas, desconocemos sus nombres reales por motivos de seguridad. Hicimos un pacto, no nos parece ni ética ni humana esta situación. Alguien sugirió la idea de dar un escarmiento al Gobierno. Teníamos acceso al hijo del ministro de Sanidad. Se le suministraría una dosis controlada de cierto fármaco, el forense certificaría la defunción y al llegar a la funeraria demostraríamos que estaba vivo, que como él muchas otras personas habrían podido sufrir ese mismo error. Que solo aboliendo esa ley inhumana puede acabarse con esta barbarie...

—Pero algo salió mal, ¿verdad? —Se adelantó Marta.

El tipo cerró los ojos.

—Alguien decidió que no sería tan efectivo si después de todo lo salvábamos. Debía morir, dijeron, y luego demostrar que se había incinerado vivo. Yo me negué. —Abigail comenzó a llorar, él la abrazó—. No quise hacerlo. Era otro homicidio, como lo han sido todas esas muertes sin sentido. Pueden creerme o no. Ya no me importa lo que me pase a mí, pero temo por ella —señaló a la joven.

—No sé si tenemos tanto poder como para protegerlos —intervino Marta—, pero entienda que sus testimonios, sacarlo a la luz pública, pueden salvar vidas.

—Hagan lo que crean mejor, nosotros ya hemos cumplido. Trataremos de escondernos. Suerte también para ustedes, ahora saben demasiado.

Aquellas palabras retumbaron en la cabeza de la periodista, también en las de Lázaro. De vuelta al periódico, parados en un semáforo, un vehículo negro y pesado los embistió. Marta, semiinconsciente, creyó oír el sonido de una sirena aproximándose.

En el hospital le dijeron que las grabaciones se habían quemado en el accidente. Lo de Lázaro la sumió en un letargo, no terminaba de creérselo. Comenzó a sospechar que quizá no había sido un simple accidente, que correría la misma suerte si se quedaba allí.

Días más tarde informaron a su familia de que había entrado en coma, irreversible, añadieron. Cuando los médicos afirmaron haber hecho todo lo posible, alguien tomó la amarga decisión y la desconectaron.

Abrió los ojos como si se despertara de un sueño de mil años. Notó el sopor, la falta de aire y, poco a poco, un olor característico. Trató de golpear las paredes que la oprimían en la estrechez de madera. Nunca abrazó con más fuerza a nadie como a la persona que abrió el ataúd preguntándole si se encontraba bien.

—Ha tenido suerte —le dijo el empleado—. Hasta hace solo unos días, por ley, la hubiéramos incinerado. Volvemos a lo de siempre, a los nichos.

TRABAJO POR ENCARGO

Humberto Belenguer

HUMBERTO BELENGUER. Natural de Paterna. Toda una vida dedicada a los números y, desde hace unos años, sin olvidarse de ellos, decidió compartir el tiempo con las letras. Ha asistido a varios talleres literarios, también ha contribuido con alguna publicación, principalmente de relatos cortos. Tiene dos novelas terminadas: *Un ocupa en la cárcel* y la novela negra *Doce de copas*. Ahora ocupa sus horas libres con la tercera novela, *Mi gran negocio*.

Pese a que el tiempo no acompaña, Pilar no ha tenido más remedio que salir y encerrarse en la habitación del hotel a la que acude tres tardes a la semana. Las fiestas, la ropa, el coche de color pistacho que utiliza... Esos pequeños lujos tienen un precio y es por lo que Pilar se ve obligada a ir al hotel situado junto a la estación del Norte.

De las tres tardes que acude, su gordito, como lo llama ella, suele ir una o dos. La edad y su deteriorado físico son las dos barreras que no le dejan realizar esos esfuerzos, ni en la cantidad, ni en la calidad de lo que a él le gustaría.

Cuando Pilar llegó, hace más de una hora, y al no tener otra cosa que hacer, empezó a deshojar una margarita que cogió del jarrón de la entrada, el que está situado en uno de los laterales del sofá. ¿Vendrá? ¿No vendrá? Luego se puso a jugar con su *yorkshire*, intentando hacer más corta y rápida la espera. Lo lleva siempre consigo, incluso cuando acude a estos eternos encuentros que cada vez se le hacen más largos y difíciles. Al mismo tiempo que los odia, lo que le preocupa es que se dejen de producir y eso, tarde o temprano, llegará. El gordito se quedará en el sofá de su casa, disfrutando de la televisión y, por diversos motivos, no echará en falta las caricias ni los besos, recibidos a la misma velocidad que las monedas cambian de bolsillo.

El repentino timbre del teléfono asusta a Pilar y al perrito. Solamente lo deja sonar tres veces. Al cogerlo, una voz suave de la que apenas se escuchan las palabras, en un intento de que no sean oídas por nadie más, le dice:

—¡Esta tarde te han dado plantón!

—¿Cómo?

—Si hubieras estado acompañada, no habrías cogido el teléfono.

—¿Quién es? ¿Qué es lo que quiere?

—Sé a lo que te dedicas y quería contratar un poco de tu tiempo.

—Lo siento, lo intenté una vez y fue un desastre, con mujeres como que…

—No me he explicado bien. Quiero que entretengas a mi marido.

—¿Me está pidiendo que me acueste con su marido?

—No pretendo que lo pase bien, simplemente que esté ocupado.

—¡Perdone! Pero no lo termino de entender.

—He reservado para dentro de unos días la habitación de al lado de la suya, la 102. Estaré con mi Luis, es muy guapo, tremendamente espectacular. Se mire por donde se mire.

—Y como le remuerde la conciencia también quiere que su marido...

—Es para que no me eche en falta, no sea que se aburra y se ponga a buscarme.

—Empiezo a entenderla, perdone, pero es la primera vez que me contrata una mujer para entretener al marido.

—¿Y le parece mal?

—A mí, ni mal ni bien.

—El martes a las cinco, iremos los dos de compras a las tiendas que hay en los alrededores de la estación. Le diré a mi marido que se dé una vuelta. Que se tome algo por alguno de los bares.

—La escucho.

—Cuando se pare en uno, usted pasa por delante, suspira y se desabrocha un botón de la camisa. Seguro que Pedro, mi marido, le intenta dar conversación. Para el resto no le voy a decir lo que tiene que hacer, se supone que es una profesional.

—¿Y cómo sabe que soy su tipo? A lo mejor no le gusto.

—La he visto y con la camisa ajustada, como suele ir, no lo pongo en duda.

—Por simplificar un poco todo este lío, son ciento cincuenta, y doy por supuesto que no se los voy a tener que pedir a él.

—Debajo de la alfombra, la que se encuentra a la entrada de la habitación, le dejaré el dinero, tres de cincuenta.

—¿Y cuándo sé que puedo dar por finalizado el trabajo? Porque como solo quiere que lo entretenga…

—Por eso he escogido la habitación de al lado de la suya. Tres golpes en la pared será la señal que indicará que entra en los cinco últimos minutos. Lo justo para yo estar de vuelta mirando tiendas.

—De acuerdo.

El martes siguiente, a las cinco, Pilar se encuentra en el lugar indicado, esperando que una pareja pase por su lado y ella le indique con la mirada que se fije en su acompañante. La persona que, supuestamente, va a creerse el triunfador del día y, en realidad, no pasará de ser una marioneta dirigida a distancia, con la ayuda de Pilar.

A la hora concretada, ve acercarse un hombre junto a la que presumiblemente es su mujer. Algo ancha de caderas, bueno, ancha por todos los lados. Al pasar por su lado ella la mira con descaro, seguidamente él le dedica una sonrisa, a lo que su mujer sin pensárselo le da un codazo.

—¡Estás tonto! ¿Qué miras? ¿Qué tendrá esa que no tengo yo?

—Pero si ni me había dado cuenta —le replica él.

—¡Mentiroso! —Le vuelve a dar otro codazo, pero con más rabia.

Pilar, que luce un cuerpo muy deseado dentro de una ropa más bien escasa, está más que acostumbrada a este tipo de numeritos, por lo que no le causa la más mínima extrañeza.

Minutos después, esta vez sí, la pareja esperada pasa por su lado. Ella se detiene, tan cerca como para ser oída por Pilar, y dice: «Pedro, me voy a dar un atracón a ver tiendas, las quiero ver todas. ¿Por qué no te vas tú y te tomas cualquier cosa por aquí cerca? Lo digo por ti, como esto te aburre tanto…».

Pedro se dirige a tomar un café a un bar que se encuentra dos manzanas en dirección a la calle San Vicente. Pilar le sigue. Cuando él se detiene y se sienta en la mesa del fondo, se prepara para entrar en acción, pero al momento se percata de que el hombre no está solo. Minutos después, y de forma muy cariñosa, Pedro y su acompañante se levantan y se van.

Algo desconcertada, Pilar acude al hotel donde supuestamente iba a pasar parte de la tarde con Pedro. En la puerta de su habitación de siempre, levanta la alfombrilla y coge el sobre. Entra en el dormitorio y se tumba en un lateral de la cama. En algo más de una hora, escucha los tres golpes, cinco minutos más tarde sale y decide encaminarse a su casa.

Una sonrisa delata lo que está pensando: «Si algunos matrimonios hablaran de sus intenciones, se ahorrarían ciento cincuenta euros».

DECISIÓN INVERTIDA

Irene Lado Monserrat

IRENE LADO MONSERRAT. (Xalò, Alacant, 1967). Es licenciada en Filología Anglogermánica. Ha publicado algunos cuentos sobre Rumanía en edición bilingüe (inglés/castellano) en *Cuentos alrededor del mundo* Vaughan Systems y una trilogía, *Veera Naari* (Mujeres valientes) en castellano, inglés y catalán.

Ha participado en varias antologías en Bibliocafé, Valencia Escribe y en el proyecto VisiBiliz-ARTE. También escribe para la revista digital Valencia Escribe.

Ha escrito algún artículo en catalán para la revista de la escuela FPA Torrent *La Pissarra* y actualmente colabora con artículos, microrrelatos o poemas en castellano y catalán para la revista digital de Valencia Escribe. Colabora también en el proyecto *Un País d´Històries* coordinado por la UJI de Castellón.

Ha sido ganadora recientemente de un concurso de microrrelatos organizado por la asociación *Paraules i llibertat* con su microrrelato en lengua catalana *Desig complert*.

Harley Street W1, Londres, 9 de noviembre de 1974

El carácter níveo de las rasas paredes de la clínica no era producido tan solo por su blancura, sino también por la frialdad de la atmósfera gélida que estas transpiraban. Aquella sala de operaciones estaba ocupada solamente por Claudia y dos figuras sanitarias, envueltas en uniformes blancos y dispuestas a realizar la intervención tan deseada por ella como por muchas otras españolas que se encontraban en su misma situación.

Las manos de Claudia temblaban una vez que le hicieron ponerse la bata, le hubieron tomado la temperatura y comprobado la tensión arterial. Había llegado la hora. Se acostó en la camilla, mientras el Dr. Williams, que ocultaba bajo la mascarilla quirúrgica su semblante hierático, pronunciaba con cierta flema: «*Please! Stop moving, Lady, or you'll be in deep trouble*[1]». Claudia, al contrario que otras compatriotas suyas, conocía bastante bien la lengua de Shakespeare, porque había estudiado algo en la carrera de Filosofía y Letras. Esto le permitió

---

[1] Traducción del inglés: ¡Por favor, deje de moverse o tendrá graves problemas!

captar el tono despectivo y el reproche implícitos en el mensaje. Quizás este médico, que derrochaba grandes dosis de ataraxia e impasibilidad, desconociera esto y por ello se permitió el lujo de decirlo como solía hacerlo, especialmente con las españolas.

¡A Claudia solo le faltaba esto! Menos mal que la enfermera le aportó algo de calor cuando, cogiéndole la mano y sonriéndole, le dijo: «*Don't worry, lady, everything will be fine*[2]».

Salieron un momento de la sala antes de la intervención y dejaron sola a Claudia que, entre escalofrío y escalofrío, se preguntaba si aquella era la elección más acertada. Ya no estaba tan segura, porque ya no lo consideraba como una decisión plenamente suya. Había tenido que alegar que tenía problemas de índole psiquiátrica y psicológica cuando firmó el contrato con los condicionantes para la intervención. ¿De veras tenía que aportar una justificación falsa que excusara algo de lo que no se sentía culpable?

En su mente, nublada y confusa por varios pensamientos entremezclados, aparecían flashes de imágenes que había presenciado minutos antes mientras se dirigía a la clínica. Eran las de aquel grupo de decididas mujeres, con pantalones de pata de elefante y blusas holgadas estampadas, que sostenían en pie de guerra

---

[2] Traducción del inglés. No se preocupe, señora, todo irá bien

pancartas con mensajes de protesta como: «*No profit out of pregnancy. Women are people[3]*», en Harley Street. ¿Realmente, estos sanitarios eran tan salvadores y ángeles de la guarda como siempre había creído, o eran más bien desalmados sin escrúpulos que se lucraban con las desgracias de pobres afortunadas como ella?

Hotel La Estación, Valencia, 8 de noviembre de 1974

Como cada día, Rosa, camarera de piso, dejaba a su hijo, Paco, de diez años al cuidado de su madre. Su malformación congénita y ausencia de extremidades le impedían asistir a la escuela como los otros niños y niñas de su edad.

Esto y el abandono del padre, Juan, la obligaron a dejar su pueblo, Alcoleja, al sur de Alicante, e inmigrar a la capital, Valencia, en busca de mejor fortuna para ella, su madre y su hijo. Una prima suya, que trabajaba en un modesto hotel céntrico y cercano a la estación del Norte, le consiguió trabajo como chica de limpieza.

Ya habían pasado nueve años desde que Juan le dijera que se iba a Francia a la vendimia para poder ganar mejor sustento para la familia, pero la realidad es que nunca más volvió. Para ella, Juan se había marchado solo por cobardía e incapacidad de afrontar una vida futura con un hijo con

---

[3] Traducción del inglés: Ningún negocio a costa de embarazos. Las mujeres son personas.

discapacidad y la emigración fue tan solo una mera excusa. Sin embargo, por fortuna, la verdad es que su trabajo y dedicación a su hijo absorbían bastante parte de su tiempo libre como para pensar alguna vez en Juan.

Ese día había llovido bastante. Cuando entró, saludó a Raquel, la recepcionista, se quitó el abrigo y sacudió el chorreante paraguas. En la recepción había una muchacha delgada sentada entre dos cojines blancos en el sofá negro más grande de los tres que había. Miraba con semblante triste un jarrón con flores violetas, colocado en medio de una mesa redonda de pino, mientras esperaba su turno para ser atendida por Raquel. Parecía absorta en sus pensamientos sin importarle mucho lo que pasara a su alrededor, hasta que fueron interrumpidos por la llamada de Raquel, a la vez que se despedía de Rosa, que ya tenía las llaves de las habitaciones para empezar con su rutina diaria.

Entre cambio de sábanas y toallas y mientras aspiraba las moquetas, Rosa se distraía escuchando los éxitos musicales de la radio. Cuando salió de una de las habitaciones vio en el pasillo a la muchacha de mirada pesarosa, que metía la llave en la cerradura, y la saludó. Después, Rosa le ofreció ayuda sosteniéndole la puerta para que la otra, cargada con la maleta, pudiera entrar mejor.

Más tarde le dijo:

—Perdona...

—Claudia, me llamo Claudia.

—Perdona, Claudia. Si te hace falta alguna cosa, llámame que yo estaré por aquí limpiando las otras habitaciones. Me llamo Rosa.

—Vale, gracias, Rosa —le respondió Claudia, cerrando la puerta.

Claudia entró en la habitación. No era muy lujosa, aunque tenía lo básico: un televisor, un teléfono, un cuarto de baño con un alicatado sencillo con azulejos amarillentos y una ventana que daba a la calle Bailén. Una vez se hubo instalado y abierto la maleta con ropa para solo un par de días, cerró con mucho ímpetu la ventana porque le molestaba el ruido exterior y corrió las cortinas de terciopelo de un color burdeos que combinaban con la colcha y con el papel, algo cursi y demodé, que cubría las paredes.

Se recostó en la cama sin ni siquiera quitarse los zapatos. Se encontraba tan alicaída que le faltaban fuerzas para cambiarse o darse una ducha. Intentó dormir un poco, pero la canción de Danny Daniel *Por el amor de una mujer* no dejaba de sonar en la radio de Rosa y a Claudia le impedía conciliar el sueño. Cuando la voz del cantante con tono lastimero pronunció: «Bebí en las fuentes del placer hasta llegar a comprender que no era a mí a quien amabas», Claudia ya no pudo más y rompió a llorar. Era tanto el pesar que sintió al oír la canción que se levantó de la cama, abrió la puerta y gritó:

—Por favor, Rosa. ¡Quita esa canción, no la soporto!

Rosa acudió a su habitación y le preguntó:

—Pero, Claudia ¿Qué te pasa? ¿Estás bien? Pero, ¿por qué estás llorando?

Claudia, sin contestar y poniéndose la mano en la boca, se precipitó apresuradamente hacia el cuarto de baño al sentir unas incontenibles arcadas.

—Ay, Claudia, *xiqueta*. Voy a traerte una manzanilla.

Cuando volvió, Claudia estaba sentada en la cama. Ahora parecía más relajada y ya se había secado las lágrimas.

—Ten, tómate esto, que te sentará bien.

—Gracias.

—Claudia, cuéntame qué te pasa. A mí no me engañas, ¿esas ganas de vomitar son...?

—Tengo ya dos faltas. Ingenua de mí, me dijo que dejaría a su mujer. No tomé precauciones y la verdad es que no me importaba quedarme embarazada. Si iba a dejar a su mujer era porque se vendría a vivir conmigo y juntos formaríamos una familia. Cuando se lo he dicho, se ha desentendido, me ha dicho que no podía porque su carrera como director de su prestigioso bufete de abogados quedaría en entredicho por este escándalo. Ya ves, su prestigiosa carrera le importa más que lo que a mí me pase. Lo único que me ha ofrecido es dinero y todo lo que me haga falta para ir al extranjero para deshacerme del crío.

—¿Y tu familia? ¿Se lo has contado a alguien de tu confianza?

—No, solamente a ti y al padre, no se lo he dicho a nadie más. Mi familia es ultracatólica y muy conservadora y no vería con muy buenos ojos que tenga un hijo con un hombre casado. Es un pueblo muy pequeño y no soportarían las habladurías. Tampoco se lo he dicho a mis compañeras de piso porque no tengo ganas de dar explicaciones, por eso me he alquilado esta habitación. Mañana cojo un tren hacia Madrid y de ahí a Londres en un vuelo chárter. Roberto me ha dado las treinta mil pesetas que necesitaré para cubrir todos los gastos. Tengo mis dudas porque parece que esta elección venga más determinada por salvar su reputación o la de mi familia que por la mía propia. No sé. Tengo miedo.

—Ay, *xiqueta*. Ven que te dé un abrazo. Entiendo que es una decisión difícil. Yo si hubiera sabido que mi Paco iba a nacer así por los efectos de la talidomida y hubiera tenido dinero como tú, probablemente lo hubiera hecho. Son muchas las que han fallecido por hacerlo en clandestinidad y en malas condiciones higiénicas. Recuerda esto. Haz lo que tú creas conveniente, que sea porque tú misma así lo decides o quieres.

Hotel La Estación, Valencia, 20 de diciembre de 1989

En aquella misma recepción del hotel donde Rosa había visto a Claudia por primera vez se produciría el reencuentro. Claudia apenas había envejecido. En todo caso, el paso del tiempo se apreciaba en algunas pequeñas canas que destacaban entre sus negros cabellos y en su cuerpo que se había ensanchado algo más.

Rosa había aprovechado un descanso para poder quedar con ella, después de recibir una carta en la que Claudia le pedía volver a verla, tras quince años sin pisar tierras españolas. Venía acompañada de una esbelta jovencita. Después de abrazarse y besarse, Claudia le dijo, acercándole a la joven:

—Rosa, esta es Jane, mi hija.

La joven, un poco extrañada al oír estas palabras, quiso intervenir diciendo:

—Pero, mamá, si mi nombre…

Claudia reaccionó lo más rápido que pudo y a tiempo ante estas palabras y la interrumpió diciendo:

—*Be quiet! Don´t say anything. I´ll explain it to you later*[4].

—¡Qué guapa! Se te parece mucho, aunque de tu marido seguro que también ha cogido algo.

Claudia y la joven se miraban esbozando una sonrisa de complicidad.

—Después de tanto tiempo, ya es hora de que Jane conozca a su familia española. Ha llegado la hora de la

---

[4] Traducción del inglés: ¡Calla! No digas nada. Te lo explicaré más tarde.

reconciliación. Pero antes tenía que ver a la persona que más me supo ayudar cuando más lo necesitaba. Mil gracias, Rosa.

Hotel La Estación, Valencia, 3 de enero de 1990

Cuando Rosa acudió a recepción para que Raquel le diera las llaves de las habitaciones, le dijo:

—Rosa, Claudia ha dejado una carta para ti antes de irse a Londres.

Rosa se sentó en el sofá de la recepción y abrió nerviosamente la carta.

Estimada Rosa:

Quería haberlo hecho personalmente cuando te vi, pero no tuve suficiente valor. Lo hago ahora en esta carta, porque no quería irme sin confesarte un secreto. Tú, más que nadie, mereces saber la verdad sobre mi decisión final cuando llegué a Londres.

Aprovechando que el médico iba a buscar al anestesista y me dejó sola, me levanté y me marché rápidamente. Volví al centro donde algunas españolas te daban consejo e información preparatoria y les expliqué que quería tener al bebé y quedarme a vivir en Londres, trabajando en lo que fuera.

No quería volver a aquella vida después de lo vivido con Roberto, ni tampoco a un país con falta de libertades. Sobreviví realizando varios trabajos. Más tarde, conocí a Samuel, que decidió adoptar a Jane como hija suya.

Siguiendo tu consejo, actué libremente escuchando lo que me dictaba mi conciencia e invertí mi decisión. Ahora ya conoces toda la verdad.

Un fuerte abrazo de quien no te olvida.

Claudia

P.D: El nombre verdadero de Jane es Rose. Adivina por qué.

UN VIAJE SIN CAMINO

Isabel Cortijo

ISABEL CORTIJO. Nació y vive en Valencia. Ha participado en las antologías de relatos *Grafomanías* y *2070 relatos líquidos,* de Bibliocafé (2018 y 2020) y en la de *101 crímenes de Valencia* de Editorial Vinatea(2019). Segundo premio del IV Concurso de relato erótico *Dialogasex* (2018). Primer premio del XIX Certamen de relato de Declaraciones de amor del Área de cultura del Ayuntamiento de Málaga en su modalidad nacional (2019). Finalista en el XVI Certamen de relato corto Villa de Miajadas (2020). Autora de la novela *49 y más allá* publicada en 2019 por Roca Editorial.

Madrid, 16 de junio de 1977

Ayer fueron las primeras elecciones en España desde la época de la Segunda República y yo volvía a pisar Madrid después de treinta y ocho años sin aspirar su aroma. Madrid… He visto cómo ha ido cambiando en las fotografías de los periódicos y revistas, en la televisión, pero cuando he bajado del tren y he salido de la estación de Atocha, me ha inundado una doble impresión. Por un lado, la del espacio que da el pasear por sus calles, una sensación imposible de percibir a través del recorte de un papel o de una película. Por otro, sí, volvía a transitar por sus vías, por sus plazas…, pero sin el temor de la última vez.

Regresaba a la ciudad en donde había vivido hasta que la victoria golpista me hizo cruzar los Pirineos. Siendo una miliciana republicana, sabía que no tenía otra escapatoria. Aunque no era la Pasionaria, sí era una roja de nombre y apellidos conocidos y mi recorrido hubiera sido la tortura, la cárcel, un juicio por un tribunal militar con defensa aparente y, por último, encontrarme delante de un pelotón de fusilamiento con la tapia de un cementerio a la espalda.

Por eso salí de España, aunque por los engranajes de la casualidad continuara mi infortunio.

El estallido de la Segunda Guerra Mundial y la ocupación alemana en Francia me llevaron, junto con otros exiliados españoles, a Mauthausen en diciembre de 1940. Cuando llegué a aquel campo de concentración y después de padecer una guerra, olí que era un lugar en el que se acomodaba la muerte. Había salido de España para evitar las represalias fascistas y me encontraba en otro país, sufriéndolas.

No sé cómo sobreviví al averno. Pero después de todo aquel tiempo de dolor, la vida me recompensó, porque la guerra y Mauthausen me enseñaron a saborear cada pequeña alegría. Vivo desde hace años en Toulouse y me casé con un buen hombre con el que tengo dos hijos que ya han encontrado su rumbo. Mi vida era tranquila hasta que, hace una semana, una llamada de teléfono interrumpió mi placidez.

—¿*Allô*?

—Buenos días, Martina. Soy Anselmo.

—¡Anselmo! ¡Qué alegría! ¡Cuánto tiempo! Pero bueno, estás bien, supongo.

—Sí, sigo bien, espero que vosotros también. Te llamaba porque tengo algo que contarte. Recuerdas el hotel, ¿verdad?

Claro que recordaba el hotel, imposible olvidarlo. Hice una larga pausa, antes de contestar, en la que retrotraje mi mente a aquel tiempo. Anselmo era un amigo con el que perduraba el afecto a pesar de las distancias físicas y políticas. Fue el propietario del hotel Plaza, pegado a la estación de Atocha. Al poco de empezar la guerra se marchó de Madrid. Él había votado a las derechas en las últimas elecciones antes del alzamiento, de misa casi diaria, pero demócrata hasta la médula, por lo que era completamente contrario a la imposición de un régimen por la fuerza. Al salir de Madrid le dejó las llaves del hotel a su gerente, Pedro, camarada implicado en el partido comunista. Fue precisamente aquel lugar el centro de nuestras reuniones y donde algunos de nosotros pasamos mucho tiempo de día y de noche. Un pequeño hotel vacío de huéspedes que se llenó de entusiastas de la libertad y el cambio.

Después de mi lapsus mental de retroceso al pasado, le contesté:

—Pues claro que lo recuerdo, pero, ¿a qué santo sale ahora el hotel si lo vendiste hace mil años?

—Prepárate para la bomba.

—Me asustas.

—Me llegó la información por varias vías, de que en el sótano del hotel, en una especie de zulo cerrado con llave, encontraron los restos de un hombre que, según el médico forense, pertenecieron a un joven que falleció hace unos cuarenta años.

—Sabes muy bien que muchos hombres y mujeres jóvenes fallecieron hace cuarenta años. ¿Y qué tiene que ver eso conmigo? ¿Por qué me llamas? ¿Cuál es la bomba?

—No me dejas terminar. Continúo. Yo almuerzo en una cafetería próxima al hotel, también frecuentada por un policía de la comisaría de Atocha, y nos hemos hecho amiguetes. Pues hablando con ese policía hace un rato de lo que era vox populi, se le ha ido la lengua y me ha dicho que en el bolsillo de la camisa del joven le encontraron la foto de una chica con un fusil al hombro, con una dedicatoria amorosa en el reverso y firmada con el nombre de Martina.

Cuando escuché las últimas palabras de Anselmo, me desmayé, y no recuerdo más que a mi marido aleteando sobre mí un periódico a modo de abanico.

—¿Quién es ese hombre, Martina? —me preguntó, mientras seguía con el aleteo.

—No lo puedo asegurar en un cien por cien, pero si es el hombre al que le di el retrato, es Andrés, el novio del que te he hablado y del que después de dejar Madrid no supe nunca más de él —le contesté con la voz entrecortada.

Vi cómo se ensombreció el rostro de mi marido. En momentos de confidencias, le hablé de él, de Andrés, de lo mucho que me caló aquel amor, y sé que mi marido piensa que a él no le he querido con la misma vehemencia, y solo puedo decir que tiene razón. Que la intensidad con la que amé a aquel hombre no la volví a sentir. La pasión de la juventud en aquellos años de guerra en los que todo pendía de un hilo, en los que saboreábamos al máximo los momentos de estar juntos porque sabíamos que, en cualquier instante, la vida o la muerte nos podía separar, dio una magnitud a aquella relación imposible de competir con otros brazos.

Después de entrar los fascistas en Madrid, las cosas se pusieron demasiado feas. Andrés me hizo cruzar la frontera primero, porque él quiso ir a recuperar un dinero nacional que guardaba en su pueblo y que nos haría falta para los billetes a México; Francia solo era una escala en nuestros planes. Me juró que en breve nos reuniríamos en Toulouse, pero nunca llegó. Intenté por compañeros saber de él, pero no obtuve respuesta, nadie sabía nada.

Con la noticia que me dio Anselmo, até cabos y recompuse lo sucedido. Aquellos tiempos convulsos hicieron que, para protegerlo, y por algún motivo concreto que ya nadie sabrá, Pedro escondiera a Andrés bajo llave en aquel zulo. A Pedro lo mataron cerca del hotel en un «alto o disparo» y Andrés, sin su guardián, quedó sepultado en vida. El sufrimiento de su muerte lenta, solo, me producía un dolor inaguantable.

No tenía por qué volver a España para identificarlo, pero él carecía de familia, yo era lo más cercano. Por otro lado, quise hacerlo para cerrar una etapa de mi vida. Tan solo cogí una pequeña maleta con algo de ropa y un pendiente con una pequeña perla, con un significado especial; porque cuando me despedí de Andrés en Madrid, me quité uno de los que llevaba y se lo entregué diciéndole que me lo devolviera cuando nos volviéramos a encontrar.

Llegué a Madrid por la noche. A primera hora del día siguiente había quedado con Anselmo para que me acompañara a identificar las pertenencias. Anselmo tenía contactos en todos los sitios, policía, juzgados... Aquella noche reservé precisamente en el hotel Plaza, no había cambiado de nombre, la habitación número ocho, la misma en la que pasamos muchas noches Andrés y yo.

La fachada se mantenía tal cual, pero dentro reinaba la modernidad. Si me hubieran dejado en aquella recepción no hubiera podido adivinar dónde estaba, que se trataba del mismo hotel en el que pasé tantas horas debatiendo con mis camaradas, alimentando ideales. A la entrada, un sofá negro con cojines de seda blancos y en el mostrador una orquídea en tonos violetas soportada en una especie de jarrón de vidrio opalescente de Lalique, el único detalle que me trasladaba a otra época.

Pasé la noche en aquella habitación. En ella también todo era distinto, menos el lecho, sí, la cama era la misma, aunque el lacado en blanco tapara la oscuridad de la madera. La habitación estaba provista de todas las comodidades, con televisor y teléfono. Contemplé otra vez por la ventana, ensimismada, el nuevo Madrid mientras aspiraba el humo de un cigarrillo. Abrí la maleta y coloqué en las perchas del armario los tres vestidos que traía. Me dirigí al cuarto de baño a dejar el neceser. Me observé en el espejo que colgaba sobre el lavabo. Reconocí mis arrugas;

estiré suavemente de mi pelo echándolo desde la frente para atrás. Se veía claramente una fina raya de canas en el nacimiento de mi cabello tintado. Mi imagen era muy diferente a la de la joven que pasó en esa misma habitación su última noche en Madrid.

Todo era un golpeteo de reproducciones del pasado. Me recosté sobre la cama y noté la dureza del colchón. Al día siguiente iba a reconocer sus pertenencias, lo poco que quedaba del hombre que tanto amé. Vino a mí la imagen de la última vez que retozamos en aquella cama, hundidos en la blandura del colchón, enredados en las sábanas y acompasando nuestros vaivenes con el ruido de un viejo somier. Dos cuerpos jóvenes sintiendo el amor entre las piernas; su miembro que, cuando lo notaba dentro de mí, dejaba de ser suyo.

A primera hora de la mañana llegaba con Anselmo al Anatómico Forense. Me mostraron su ropa, que recordaba a la perfección, mi pendiente, que se encontraba también en el bolsillo de su camisa, según me dijeron, y el retrato. Sí, en aquella foto aparecía con un fusil al hombro, los tejados de Madrid de fondo, mi corta melena al viento y una sonrisa. No sé por qué sonreí cuando me hicieron aquel retrato, no me lo pidió la fotógrafa, pero supongo que pensamos que es mejor mostrar la alegría, y la pena guardarla dentro.

Los contactos de Anselmo agilizaron los trámites. En unos días se incineraron los restos y me dieron las autorizaciones para llevarme las cenizas. Desde luego, Anselmo tenía mano y buenos amigos en todos los lados.

Recogí mi bolso, la maleta y una mochila con la urna que contenía las cenizas. Me coloqué aquellos pendientes de perlas que no me había puesto desde hacía treinta y ocho años y salí del hotel; pero no me dirigí a la estación de tren para volver a Toulouse. Llamé un taxi. Y como si no fuera mi voz la que saliera de mi boca, le dije al taxista: «Lléveme al aeropuerto».

Cuando llegué a Barajas, sin ninguna orden procesada por la mente, mis pasos se dirigieron como por control remoto al mostrador de American Airlines. Cuando la azafata me preguntó el destino, le contesté sin pesar: «A México».

Y aunque apareciera un lugar de llegada escrito en una tarjeta de embarque, lo cierto es que emprendía un viaje…, sin camino.

EL CICLO

Lou Valero

LOU VALERO. Licenciada en Psicología y lectora incansable, siempre quiso emular a sus escritores favoritos, hasta que hace ocho años se lanzó a lo que siempre quiso hacer: escribir. Ha participado en varias antologías de relatos: *Grafomanías, Ultravioletas, A punta de relato, Te cuento, 101 Crímenes de Valencia, Cada vez más iguales, 2070: Relatos líquidos, y Mujeres en el arte.* Forma parte del grupo literario *Grafomaníacas,* con el que comparte proyectos comunes en el ámbito literario. Fue finalista en el X certamen de relato corto histórico del museo L'Iber de Valencia. En la actualidad, su idea es terminar y publicar su primera novela.

«A la muerte se le toma de frente con valor y después se le invita a una copa».

Edgar Allan Poe

Nací en una habitación del Hotel Bailén, en el centro de la ciudad de Valencia. Mi madre hizo fotos de cada rincón de esa estancia porque quería eternizar el momento que ella definió como «taumatúrgico».

La decoración de aquel cuchitril no se parecía en nada al moderno y minimalista dormitorio en el que me encuentro. Dispongo de una televisión de plasma que ocupa gran parte de la pared que está frente a la cama. Sobre una de las dos mesitas hay un teléfono de diminutas dimensiones y justo al lado del gran ventanal está el cuarto de baño, sin puerta, sin intimidad. Todo muy blanco, sin contrastes, salvo el cuadro que está sobre el cabezal de la cama *king size*. Es una lámina de *La noche estrellada* de Vincent Van Gogh que ilumina la estancia dotándola de un ambiente mágico.

Si aún existiera el Hotel Bailén, estaría alojada en él, pero hace años que desapareció. Desde la ventana de este cuarto puedo observar el edificio en el que se convirtió tras una exhaustiva reconstrucción. Ahora es un anodino edificio de oficinas. Es lo que toca en el centro de las ciudades, la gente prefiere vivir en las amplias zonas ajardinadas que rodean a las construcciones de las afueras. Justo enfrente de ese edificio se encuentra la estación de tren y desde mi habitación puedo oír cómo los altavoces llaman a los viajeros. Esas voces me retrotraen a la infancia. Solía dormirme oyéndolas cuando, en verano, abría las puertas del pequeño balcón que tenía en la habitación y soñaba con grandes viajes de negocios o vacaciones en lugares exóticos. Quería ser como mi madre y viajar a todos los países del mundo como hacía ella.

Mi madre era un ser libre y atolondrado, que no podía parar quieta en un lugar más de una semana. Supongo que por eso prefería vivir en hoteles en vez de en una casa que la obligara a crear firmes raíces. Las pocas veces que permanecía en el Hotel Bailén, que le servía de base para emprender una nueva aventura, me contaba historias increíbles que le sucedían en sus ausencias y yo le contaba las que ocurrían en ese hotel, en el que me sentía atrapada, porque yo hubiera querido que me llevase con ella a todas partes.

Era la única mujer de un grupo de fotógrafos que aspiraban a generar las fotos más creativas del planeta. ¿Cómo se conocieron? Aún hoy es una incógnita para mí, porque ella logró ser una fotógrafa famosa y muy acreditada, pero de madre no aprendió nunca a ejercer. Por ejemplo, jamás supe quién era mi padre. Nunca me lo dijo. Solo un día me atreví a preguntarle quién era, si vivía y dónde, pero su respuesta fue tan contundente que jamás volví a sacar el tema: «Tu madre y tu padre soy yo, únicamente yo».

Los dueños del Hotel Bailén se ocupaban de mí a cambio de un dinero que mi madre les enviaba cada mes sin falta. Tengo pocos recuerdos de ella, viajaba tanto que la veía apenas una semana cada tres meses. Para mí era una desconocida, aunque yo le inventaba una vida llena de aventuras y triunfos, y se los contaba a mis amigas de la escuela, que escuchaban asombradas mis relatos repletos de balances de colores, contrastes y aperturas de diafragmas.

Con los años me convertí también en fotógrafa, pero me instalé en un lugar fijo y abrí un estudio en una nueva ciudad, lejos del hotel de mi infancia. Allí conocí a mi marido, también fotógrafo, y juntos vivimos una vida tranquila y llena de amor. Nunca fuimos padres, yo no quise ser madre, supongo que tenía miedo de reproducir los comportamientos poco maternales de la mía. Ahora, cuando mi marido hace ya unos meses que murió, siento que el ciclo de mi vida ha acabado. Antes nos cuidábamos el uno al otro, pero ahora no tengo a nadie que pueda hacerse cargo de mi párkinson. Avanza inexorablemente y la medicación apenas consigue detener un deterioro imparable. Por eso he tomado la decisión de acabar con esto antes de que no pueda dominar mi cuerpo.

Para este último viaje no necesito equipaje, así que me he instalado en el hotel sin maletas, me acompaña mi bolso, en el que guardo solo lo necesario. He bajado a dar un último paseo. Al volver de la farmacia y entrar en la recepción del hotel, me he sentado en el gran sofá negro. Hay una pequeña estantería de la que he cogido un libro de poemas de Federico García Lorca. El sofá es acogedor y mis riñones, ya maltratados por la edad, han descansado sobre los cojines de un brillante blanco inmaculado que lo adornan. Sobre el mostrador, un jarrón con flores violetas crea un ambiente relajante. He leído un rato y me he tomado un té.

Ya en la habitación, echo un último vistazo a los tejados que, desde el último piso, se reparten por la ciudad bajo mi mirada tranquila. Observo el edificio en el que nací y comienzo a tragar uno a uno los somníferos que me ayudarán a acabar con el ciclo que inicié en un hotel y que se acaba también en otro. Una copa de cava aporta glamur al momento. Estoy satisfecha de la vida que he tenido, no triunfé profesionalmente al nivel que lo hizo mi madre, pero sí he tenido una vida relativamente acomodada y, sobre todo, he poseído el don más preciado: el amor.

Me cuesta escribir porque los somníferos empiezan a hacer su efecto y quiero disculparme por dejar mi cadáver en un hotel, pero no se me ocurre acabar mi vida en un lugar más apropiado. Aun así, quiero decir que en mi bolso está todo lo necesario para que mi despedida les incomode lo mínimo posible.

A mi mente acuden múltiples pasajes de mi existencia, que pasan rápidos como fotogramas de una película maravillosa. Es posible que sea verdad eso que dicen de que, cuando vas a morir, recuerdas toda tu vida y haces balance. No tengo nada más que añadir, el balance ha sido positivo y creo que he tomado la decisión acertada. Una no puede decidir cuándo nace, pero en algunos casos sí cuándo muere, y yo ya he vivido todo lo que necesitaba. Prefiero no experimentar cómo mi cuerpo se deteriora poco a poco, pero me siento satisfecha de lo vivido y siento que no tengo nada más que hacer, al fin y al cabo, ya tengo ochenta y cinco años. Muero feliz. Me echo sobre la enorme cama y, a lo lejos, escucho las voces de la estación que me invitan a subir a mi último tren. Me dejo llevar e intuyo grandes aventuras en este último viaje que sospecho serán fascinantes.

EL FACTOR HUMANO

Lucrecia Hoyos

LUCRECIA HOYOS. Es licenciada en Filosofía Pura (1976) y en Filología Hispánica (1997) por la Universidad de Valencia. Profesora de Enseñanza Secundaria de la Consellería de Educación, actualmente jubilada.

Creadora y coordinadora del colectivo literario Valencia Escribe. Ha publicado *Relatos al atardecer* (2009); *En algún lugar* (2009). Ha participado en libros colectivos de Valencia Escribe: *Valencia escribe relatos breves* (2012), *Buffet libre* (2015), *El tiempo y la vida* (2016), *Relatos con banda sonora* (2017), *Cuentos de las estaciones* (2018), *Cada vez más iguales* (2020). Coautora de los libros colectivos de editorial Vinatea: *Treinta mujeres fascinantes en la historia de Valencia* (2017), *Mujeres en construcción (perdonen las molestias)* (2018). Coautora de los libros colectivos de Generación Bibliocafé: *Eco, Bowie & Lee* (2017), *Generación Bibliocafé with The Beatles* (mayo 2018). Autora de *Textos y texturas*, junto a Evelyne Carell (ilustraciones). Editorial Talón de Aquiles (2019). Autora de *Cuando nos cerraron el mundo*. Editorial independiente (2020). Coautora de *Los hilos de la vida*, Ele ediciones (2020) y *Mujeres en el Arte* (2020).

Cristina Serra se apeó en la estación del Norte de Valencia. Ese no era el destino que me habían comunicado; sin embargo, cuando el tren se detuvo, cogió su pequeña maleta y bajó sin titubear. Yo la seguí, extrañado, pero esas eran las órdenes.

No sabía nada de ella. Me impresionaba su esbelta figura, enfundada en un traje de chaqueta pantalón de color beige. Escondía su rostro tras unas enormes gafas de sol con montura de carey y un sombrero clásico de ala corta marrón impedía ver el color y la forma de su pelo.

Salió de la estación por uno de los laterales. Cruzó la calle y se introdujo en un hotel moderno, el Zenit, que contrastaba con las viejas edificaciones que lo rodeaban. Ignoro si lo tenía planeado o si fue el primer sitio que vio. Anoté la dirección, calle Bailén, número ocho.

En la recepción, se sentó en uno de los sofás y escribió un buen rato en su móvil. Después se acercó a la recepcionista y pidió una habitación en el último piso. La cuarenta y cuatro, escuché. Realizados los trámites, entró en el ascensor y la perdí de vista. Llamé a mi superior para comunicarle la nueva situación y solicitar instrucciones. Me volvió a decir lo mismo, que siguiera todos sus pasos.

Me acomodé en el mismo sofá, que era de piel negra, y puse uno de los almohadones blancos tras mis lumbares por si la espera se alargaba. Estuve allí todo el día sin que la mujer volviera a dar señales de ningún tipo. Volví a llamar a mi jefe. La recepcionista llevaba un rato mirándome de forma inquisitiva y yo estaba necesitando alimento y descanso con premura. Me enviaron una suplente. Decidí probar la cocina del Zenit; había estado leyendo, para entretener la espera, opiniones de los clientes que alababan su calidad. Aunque no estaba a mi alcance presupuestario, hice una excepción. Cuando el camarero me sirvió un entrecot y yo saboreaba una copa de vino rojo de la Ribera del Duero —un día es un día—, para mi sorpresa apareció una mujer rubia, con el pelo largo y lacio y un rostro totalmente exento de maquillaje. Por su complexión y la foto que me habían proporcionado, adiviné que se trataba de mi objetivo. La imagen no hacía justicia a la perfección de sus pómulos, al color miel de sus grandes ojos y a la sensualidad de su boca. No conseguía apartar mis ojos de ella.

El comedor era pequeño, se sentó frente a mí. Cenamos juntos, aunque no me dirigió ni una mirada en todo el tiempo. Animado por la botella de vino que liquidé, me atreví a hablarle.

—Hermosa ciudad —le dije. Me miró desconcertada—. Me refiero a Valencia.

—Ah, sí, sí.

—Mucho más si se está en buena compañía —me oí decir con estupor, pero estaba lanzado.

—¿Buena compañía? ¿Y eso qué es? —me respondió con una mirada sombría y me dejó sin habla.

Se levantó, dijo buenas noches y volví a perderla de vista.

Busqué un hostal cercano y dormí diez horas seguidas. Me despertó una llamada de mi jefe, que me urgía a reemplazar a mi compañera en el Zenit. La cosa se complicaba porque me había atrevido a hablar con ella, pero me lo callé. Compré unas gafas sin graduar y me metí en una peluquería de chinos en los alrededores de la estación. Salí de allí con el pelo mucho más corto y de color amarillo chillón. Estaba irreconocible, pensé.

Volví a ocupar mi lugar en el sofá de la recepción. Me fijé en un jarrón de flores violetas que me había pasado desapercibido hasta ese momento, al ver a una empleada depositar algo en el agua, seguramente una aspirina. He oído que ayuda a mantenerlas frescas.

Cristina salió a las once en punto, caminó hasta la calle de Ruzafa. Entró en un establecimiento de Llongueras. Me costó reconocerla cuando salió de allí, al cabo de hora y media, con el pelo muy corto y de color negro azulado. Parece que ambos intentábamos despistar a alguien. Yo a ella, claro. ¿Y ella?

Volvió al hotel y entró directamente al comedor. Aproveché un despiste de la recepcionista para colarme en el ascensor y subir al último piso. La habitación cuarenta y cuatro estaba abierta. Entré. Había una camarera de piso haciendo la limpieza.

—Hola —le dije con naturalidad—, mi mujer no encuentra su teléfono, ¿lo ha visto por aquí?

—No —me contestó—. Pruebe a llamarla a ver si suena.

Y no sonó, claro. No vi nada en la habitación que llamara mi atención. Estaba decorada a la última, todo era blanco: el televisor, el teléfono, la cama, las mesitas y el amplio cuarto de baño. No se veía ningún objeto personal. Me acerqué a la ventana mientras hacía la llamada para observar la ciudad desde allí, había una buena perspectiva de la estación y de la plaza de toros colindante. Me despedí. Bajé con miedo de que hubiera desaparecido, pero no, allí estaba ante una ensalada.

Creo que empecé a desvariar de nuevo. La miseria que me pagaban por aquel trabajo no ayudaba mucho a mantener la cordura. Volví a hablarle.

—Juraría que la he visto antes, pero no recuerdo dónde.

—No creo, es la primera vez que vengo a esta ciudad —me contestó.

—Qué casualidad, yo también. Y, dígame, si no es mucho preguntar, ¿qué la trae por aquí?

—Sí, es mucho preguntar —respondió y acabó con cualquier atisbo de conversación.

Sé cuándo he perdido una batalla. Así que procuré pasar desapercibido el resto del tiempo. Cuando ella abandonó el comedor, me refugié tras un periódico de nuevo en la recepción.

Cuál no sería mi sorpresa cuando la vi aparecer y venir directamente hacia mí.

—Sígame, por favor, y no diga ni una palabra —me dijo.

Y claro que la seguí, sus deseos confluían con las órdenes de mi superior y, por qué no decirlo, con los míos propios. Subimos a su habitación. Me invitó a sentarme en uno de los sillones que había junto a la ventana y me ofreció una bebida.

—Sí, gracias, un güisqui con hielo me vendría bien.

Sirvió dos y ocupó el otro sillón.

—Creo que alguien me sigue —me dijo—, tengo la sensación de llevar una sombra pegada a mi espalda.

—¿Se encuentra usted en algún apuro? —le pregunté con sinceridad. Yo no sabía nada del motivo del encargo que me habían hecho.

—¿Puedo confiar en usted? No tengo a quién recurrir.

—Pues no sé qué contestarle, yo no me fío ni de mi padre.

—Necesito ayuda. En ese maletín —dijo señalándolo— llevo unos importantes documentos que he de entregar hoy sin falta a las siete en una dirección por la zona del puerto. No me atrevo a ir yo por lo que acabo de contarle, creo que no me dejarían llegar ni a la esquina de la calle. Créame, es un asunto de vida o muerte.

Me conmovió su aire desvalido, además de que me tenía hechizado desde el primer momento en que la vi. Hizo aflorar al caballero que hay en mí. Me olvidé de mi jefe cuando empezó a llorar y la rodeé con mis brazos para calmarla.

—Y si voy con usted —le dije—, podría protegerla.

—No, no, por favor, vaya usted solo. Lo esperaré aquí hasta que vuelva. No me moveré —me aseguró.

Salí del hotel convencido de mi heroicidad. No sabía si había alguien más que la vigilara, así que tomé todo tipo de precauciones. Cambié de taxi tres veces y di varios rodeos para llegar a la avenida de Neptuno. En el número que me anotó, había una pequeña frutería de pakistaníes.

—Vengo de parte de Cristina Serra —le dije al joven que estaba al frente. Me ha pedido que le entregue esta cartera.

Él me miró como si no me entendiera.

—*Do you speak English?* —le pregunté, haciendo gala del aprovechamiento de mis clases nocturnas.

—Claro, hablo inglés, urdu, español y valenciano, pero no sé de qué me habla ni quién es esa Cristina que dice.

Me quedé desconcertado y salí del establecimiento. Busqué un bar y pedí una cerveza, dispuesto a abrir el misterioso maletín. Solo encontré hojas de periódicos, que examiné sin encontrarles ningún sentido.

Volví lo más rápido que pude al Zenit y subí a la habitación. Me encontré con otra camarera, que me aseguró que la habitación cuarenta y cuatro estaba sin ocupar y que allí no había habido nadie en varias semanas.

En la recepción, me dijeron que en ese hotel no se había alojado ninguna Cristina Serra y tampoco supieron darme razón mostrándoles la foto y describiéndola lo mejor que pude. Estaba claro que me la había jugado. No quedaba ni rastro de ella.

Sería la tercera vez aquel año que me quedaba sin empleo. Suspiré y salí del hotel con sombrero, gabardina y fumando un cigarrillo rubio americano de los que matan despacio. Definitivamente, el oficio de detective no era para mí, pero no me arrepentí de nada; al fin y al cabo, detrás del seguimiento a una mujer, suele haber un marido controlador y posiblemente peligroso. Estaba seguro de que sus lágrimas y su abrazo habían sido sinceros. Ojalá mi falta de pericia la hubiera salvado. Me dirigí a la estación pensando en volver a reinventarme.

HABITACIÓN 36

Luis Jurado Quesada

LUIS JURADO QUESADA. (Valencia, 1977). Eterno estudiante de Física, ha ejercido diversos trabajos a lo largo de su vida como recogevasos, dependiente, jefe de sección, librero, autónomo, comercial a puerta fría, cocinero, agente de seguros, electricista u operario de fábrica, entre otros. Se rumorea que ahora es programador informático. Astérix, Tintín, los Cinco y Sherlock Holmes se cruzaron en su camino muy pronto, y los libros se apelotonaron en su cabeza hasta que años después pergeñaron una librería. La experiencia no terminó bien y ahora, en lugar de vender libros, escribe relatos. Estudió Física en la Universidad de Valencia y Desarrollo de Aplicaciones Web en el CEED de la Comunidad Valenciana. Este es su segundo relato publicado.

La pareja traspasó el umbral de la puerta con paso decidido y una pancarta en la mano cada uno. Él llevaba el cartel del revés, imposible leerlo, y el de ella se situaba bocabajo, dificultando así su lectura, algo que por otra parte la recepcionista del hotel no pensaba hacer, pues bastante trabajo tenía. Dejaron sus carteles y demás enseres sobre el sofá negro que se hallaba junto al mostrador. Mientras ella contemplaba la verosimilitud de la flor violeta colocada en un jarrón de la estancia, él se dispuso a inscribirse en la recepción del hotel y reservar una habitación para pasar la noche. Realizados los trámites la recepcionista solicitó los documentos de identidad de ambos para realizar una copia, y no fue hasta aquel instante en el que ella salió de su ensimismamiento e interactuó con el hombre que la acompañaba.

—Es de plástico —afirmó.

—¿El qué? —preguntó él, que no le había prestado atención durante el proceso de reserva.

—La flor —respondió y, al ver que él aún se mostraba desubicado, señaló con su mano derecha hacia el jarrón en el que se hallaba la flor violeta—. La flor del jarrón es de plástico—repitió para dejarlo claro.

—¡Ah! —dijo él, casi susurrando. La flor. ¿Qué podía ser si no?

—No podría dormir en un hotel que masacrara flores frescas en pos de una concepción inútil y anticuada de la belleza. Has escogido bien.

—Entiendo —contestó mientras pensaba si aquella chica que había conocido en la manifestación pro-5G, había sido una buena elección como partenaire para aquella noche.

La conversación entre ellos se diluyó al reaparecer la recepcionista en el mostrador para devolverles sus identificaciones personales y entregarles la llave electrónica de su habitación.

—Número 36, tercera planta —dijo la mujer. Y aquella afirmación fue suficiente para que ambos recogieran sus pertenencias depositadas en el sofá y acudieran al ascensor, en busca de algo más de intimidad.

La habitación tenía una decoración espartana, el mobiliario justo para considerarla un dormitorio y pulcritud, la necesaria. Al menos, lo aparentaba. De todas maneras, no prestaron atención a esas minucias cuando la pasión venía desatada desde el ascensor. Con la puerta ya cerrada, las miradas lascivas pasaron a ser besos apasionados, pegajosos, íntimos y en algunos momentos asfixiantes, de pura pasión desbordada. La ropa sobraba y ella tomó la delantera arrancándole el jersey y desabrochando lentamente los botones de su camisa. Él, a todas luces ansioso, y con el bulto del pantalón creciendo, se quitó el cinturón y, soltándose el botón, dejó caer el vaquero mostrando su glande asomando por el borde del calzoncillo de licra. Ella sonrió, pícara. Su mano le palpó la entrepierna. Hubo entonces una pequeña descoordinación entre ambos, que no supuso mayor problema. Él hizo ademán de postrarla frente a su miembro, pero ella se escabulló más interesada en aquel momento en saborear sus labios. Besaba bien. Luego él, con sus brazos fuertes, le dio la vuelta, la besó en el cuello y, después, tras la oreja. Ella se estremeció involuntariamente. Una nueva sonrisa iluminó su rostro. Ahora era el chico quien llevaba su mano bajo el vestido vaporoso de ella. El abrigo que llevaba puesto al entrar en la habitación estaba mal colocado sobre una silla. El roce de los dedos en sus labios la hizo temblar otra vez, el vestido salió por encima de su cabeza y acabó tirado en el suelo, no había tiempo de pensar en lo arrugado que quedaría después, a la hora de la cena. Los dedos torpes de él supusieron un nuevo contratiempo al intentar desabrochar el rebelde sujetador. Ella, mucho más hábil, lo resolvió enseguida. Sus bragas, ligeramente ya caídas, se deslizaron hacia sus tobillos con la ayuda de él, que rápidamente la tumbó sobre la colcha de la cama, introdujo el rostro entre sus piernas y ella se dejó hacer. No era el momento de interponer una queja. Enseguida su lengua encontró lo que ávidamente buscaba.

—Buff —suspiró ella, disfrutando de su momento. El ritmo que él imprimía empezó hábil, aunque al poco se desdibujó en torpe, intentaba deshacerse de sus calzoncillos al mismo tiempo que le lamía, provocando la descoordinación. Tuvieron que parar una tercera vez para que él se colocara el preservativo, y ella aprovechó el momento para ponerse encima y volver al mando. Cogió su miembro con la mano derecha y lo cimbreó, estaba firme y ella mojada, así que buscó su propia apertura y tras rozarse varias veces despacio contra su miembro, se hizo lentamente camino. Enseguida se sintió llena y con él dentro se agachó a besarlo. Él disfrutaba desde abajo. Ella gobernaba la cabalgada, adquiriendo su propio ritmo, acelerando, parando, bajando a besarle, dejando que él acariciara sus pechos. Luego ella volvió a acelerarse y él agarró sus caderas, la impidió salirse, entonces ella paró un momento y él notó cómo su vagina se contraía sobre su pene y ella suspiraba más fuerte. Luego se derrumbó sobre él, satisfecha.

Aquella acción cambió nuevamente las tornas, ahora era él quien se posicionaba arriba y ella, con su sexo supermojado, debajo. La rozó despacio, a pesar de sus tremendas ganas de penetrarla. Jugó, una, dos, tres veces, pasando su miembro erecto por encima de su clítoris, disfrutando de sus suspiros. Después, sin avisar, la sorprendió entrando bruscamente, la humedad de su sexo favorecía en ese momento la penetración de esa manera, algo que apenas cinco minutos antes hubiera sido imposible. Él aceleró sus movimientos y aquello la sorprendió tanto como aquel intenso segundo orgasmo tan repentino. Luego él continuó unos segundos más hasta que también se corrió, llenando el preservativo de semen. Se mantuvo unos segundos dentro de ella. Luego se apartó y retiró el condón, le hizo un nudo y lo arrojó en el suelo, bajo la cama. Se besaron otra vez, con calma, hasta quedarse dormidos.

Tras la pequeña siesta, se ducharon por turnos, primero él, que fue rápido bajo el agua, y luego ella un poco más minuciosa, más lenta, lo que provocó, en el aburrimiento que genera la espera, que él curioseara entre las cosas de ella. De su bolso cayó una tarjeta sanitaria y él se apresuró a recogerla. Tras unos momentos de duda, le hizo una foto y la devolvió a su sitio. Poco después salió ella del baño, se vistieron, y bajaron a cenar al restaurante del hotel. En el ascensor ambos atendieron sus móviles, ella revisó sus redes, él envió un wasap. Era tarde, cerca de las diez, pero los aceptaron sin problemas, había mesas de sobra en el salón y se sentaron cerca de otra pareja de mediana edad, con pinta de ejecutivos.

—¿En qué grupo de vacunación estás? —preguntó ella mientras el camarero les servía una copa de vino blanco.

Poniendo cara contrariada él respondió:

—En el sexto.

—¡Vayaaa! —dijo ella alargando demasiado la segunda a—. Eso es tardísimo, por lo menos junio…

—O peor, no sé qué hacer para adelantar la fecha, el sorteo salió así, pero yo no puedo esperar tanto tiempo, por eso voy a las manifestaciones. ¡Vacuna ya! —gritó, consiguiendo atraer brevemente la atención del resto de comensales.

—Normal que te quejes —afirmó ella—. Yo estoy en el primer grupo.

—Y entonces, ¿por qué protestas?

—No hay cobertura 5G en mi barrio. ¿Te lo puedes creer? Me ponen la vacuna la primera, pero si no tengo 5G ¿para qué me sirve? ¿Acaso tengo cara de querer pensar por mí misma?

—¡Maldito gobierno fascista!

—¿El gobierno? Esos son lo peor. Ahora van diciendo por ahí que si la vacuna es solo contra el coronavirus ese, que no tiene chip y no sé qué tonterías más.

—A mí no me la dan con queso. Que se gasten el dinero en antenas y nos controlen ya. ¡Por Dios!

—Ese es el problema, que no quieren gastarse el dinero y solo ponen chip a unos pocos...

—¡Los enchufados!

—Los favoritos del gobierno.

La cena se pasó en un suspiro, tan entretenidos como estaban conversando. Compartieron el postre, un volcán de chocolate, bizcocho de chocolate, relleno de caliente chocolate, delicioso y redundante. Se acercaba la hora de partir. O no. Ella pensó que no tenía necesidad de dormir sola en su piso de las afueras aquella noche y él no regresaría a su pueblo hasta el día siguiente. Sonó el teléfono. Él se levantó apresurado, pasó al lado de la mesa de los ejecutivos, que abandonaban ya el salón, y se dirigió al baño. A ella le sorprendió tanto secretismo con una llamada. ¿Quién sería? ¿Su madre? El tiempo empezó a pasar despacio, los siguientes minutos fueron aburridos, sentada en la mesa viendo como los pocos comensales allí reunidos iban abandonando el restaurante, y acrecentando su enfado por haber sido olvidada. Regresó pronto, pero para ella era muy tarde.

Discutieron.

Sin saber muy bien por qué discutieron, de repente, a ninguno le apetecía ya pasar la noche juntos. Ella dejó dos billetes de diez euros sobre la mesa y se marchó. Él salió tras ella, obviando los billetes y olvidando atender la cuenta.

No consiguió que ella regresara. Tampoco estaba seguro de si quería que volviera. En recepción pidió que le cargaran la cuenta de la cena y se retiró a dormir.

El lunes amaneció para ella como cualquier otro lunes del año, quizás un poco más templado, con esas gotas minúsculas que forma el rocío en las superficies metálicas de los coches, algo que al tacto le molestaba en exceso, sentir esa humedad fría sobre sus dedos al abrir la puerta del vehículo. El día se torció antes de las ocho, cuando un atasco tempranero provocó un retraso a la llegada de su trabajo en el ayuntamiento, luego aparcó lejos; después fue el café que se derramó sobre su blusa y más tarde una mujer estuvo gritándole por una subvención no concedida. Para cuando recibió la llamada del departamento de Sanidad la mañana había sido de perros.

—Su solicitud ha sido aprobada.

—Disculpe —dijo ella—. ¿Qué solicitud?

La funcionaria al teléfono la ignoró con voz neutra:

—Su nuevo grupo de vacunación es el seis. Buenos días.

Y colgó, dejándola perpleja.

LA CARTA

Maika Navarro

MAIKA NAVARRO. Nació un 5 de febrero en Valencia. De los cinco a los dieciséis años vivió cerca de París (Francia).

A lo largo de toda su formación, la influyeron, no solo esta emblemática ciudad, sino materias como el arte, la literatura, la ciencia, la filosofía, que se transformarían en sus pilares existenciales.

Con tan solo 12 años ganó el 1º premio de dibujo y poesía. Estos dos proyectos abrieron de par en par, y para siempre, su mundo creativo. Su poema ganador, escrito en verso libre, hablaba de aquello que sentía en la etapa que estaba transitando; su adolescencia. Con la perspectiva de poder aprenderlo todo cuando se plantaba en medio de la biblioteca repleta de libros, y todos a su alcance.

De retorno a Valencia, se formó en Técnica Teatral y Ortofonía. Formó parte del premiado grupo de teatro independiente: Xauxa Teatre, a la vez que bebía de todas aquellas fuentes literarias que tenía a su alcance. Ha participado en diferentes cursos de escritura creativa y certámenes de poesía, gracias a los que ha ido evolucionando dentro de su propio universo de creatividad.

Dice que es el momento de salir a la luz pública, deseando que al igual que ella, sintáis que ha valido la pena recorrer este sendero de palabras y silencios.

Bajó al andén tras más de veinticuatro horas de viaje, entre avión, autobuses y finalmente el tren de alta velocidad que la llevaría a su parada final: la Gare de Lyon en el céntrico distrito doce de París.

Estaba cansada y le urgían dos cosas: no llamar la atención y encontrar un hotel lo más pequeño y discreto posible en el que alojarse. Una oficina de información turística la ayudó a encontrar el tipo de hotel que buscaba. Finalmente, el elegido fue Le Petit Hotel Dumas, de ocho habitaciones y a tan solo dos calles de la propia estación.

Cuando entró en la pequeña recepción del hotel, encorvada por el peso de su mochila, el recepcionista, Armand, acudió en su ayuda. Quedó impresionado por sus ojos oscuros como la noche, su porte elegante y una abundante melena recogida parcialmente por un pañuelo con motivos tribales.

—Buenos días, *madame*. ¿Pasaporte o algún otro documento identificativo?

Se lo entregó sin mediar palabra y pudo confirmar que era ella: Aiyana Williams, famosa actriz canadiense, de belleza tribal, controvertida y solitaria, que huía de los medios cada vez que podía, pues había sido una actriz infantil, llevada, en muy pocos años, a la cima de un éxito embriagador, que la llevaría incluso a sumergirse en el inframundo de las drogas. En definitiva, un juguete roto. Y ahí la tenía ante él, pidiéndole una habitación.

En lo que duró la inscripción, ambos pensaron que era su día de suerte; él porque la tendría cerca varios días y ella, porque le gustaba la idea de quedarse en aquel hotel, tan discreto como coqueto hasta que cumpliera, esperanzada, la misión que se había encomendado a sí misma.

Mientras esperaba su llave, Aiyana se dejó caer en el sofá de piel negra de la recepción, mientras Armand no podía ni quería evitar mirarla de reojo.

De uno de los bolsillos de su mochila, la vio sacar un folio doblado, que se puso a leer, para luego acercarlo a su pecho y guardarlo de nuevo.

—Ya tengo su llave, señora Williams, sígame, por favor.

—Llámeme Aiyana y de tú si no le…te… importa, ya sé que es el protocolo, pero insisto, somos más o menos de la misma edad, ¿no? Y en estos momentos de mi vida, poder cultivar nuevas amistades es más importante para mí de lo que pueda parecer.

Armand no pudo negarse y se sorprendió pensando rápidamente cómo complacerla, aunque eso le llevara a saltarse alguna que otra norma del hotel.

—Le propongo llamarla Señora cuando estemos en presencia de otros huéspedes, y cuando no, solo Aiyana. ¿Le…te parece bien, Aiyana?

—Gracias por considerarlo, me parece perfecto. Entonces… vamos.

Armand le pidió a Claude, su ayudante, que se adelantara y llevara la mochila hasta la habitación.

La estrechez del ascensor les puso nerviosos y, una vez en la planta, mientras se dirigían a la habitación, se ojearon mutuamente en los espejos del pasillo.

La habitación era amplia y bien iluminada gracias a un gran ventanal a modo de tragaluz instalado en el centro del techo abuhardillado. Tenía todas las comodidades, aunque sin lujos ni ostentación. Aiyana sonrió, el cuarto era de su agrado.

—Comeré aquí —le dijo al solícito recepcionista.

Pidió sopa de cebolla, queso y un pedazo de tarta Tatin, aunque, en su fuero interno, lo que realmente deseaba era quedarse a solas para releer aquella carta que le había insuflado el coraje de llegar hasta allí.

Después de ducharse y comer lo poco que la impaciencia la dejaba ingerir, se alargó sobre la cama, bajo el tragaluz. Se apartó la larga melena, aún mojada, sobre el hombro izquierdo, y se puso a leer de nuevo aquellas palabras escritas de puño y letra, e imaginando el rostro de su remitente.

Me permito escribirle a la mujer, no a la gran actriz que todo el mundo admira. Me cansé de buscar su verdad en las pantallas, y solo encontré triunfos falaces y efímeros.

Busqué su verdadera mirada en las revistas de moda, hallando solo hastío, y un día, cuando la vi caer ante mí en las aguas negras de la tristeza y la inexistencia, fue suficiente un instante para hacer girar sin remedio la peonza de mi propia vida.

Seguramente, otros muchos le habrán escrito como yo y, ante sus ojos de gran estrella, no debo ser más que un osado e incauto ilusionado, y con toda probabilidad lo sea, aunque no renunciaré a la esperanza que va impregnada en cada una de estas palabras.

¿Parecería soberbio si la invitara a ser feliz? ¿Si la columpiase con los aromas de la tierra? ¿Si la enseñara a encontrar la Estrella del Norte en el musgo de encinas y cipreses?

¿Acaso parecería insolente quererla acompañar a atravesar sin miedo las brumas que alientan la vida? ¿Querría beber conmigo el agua cantarina de los ríos de sus ancestros, que su Diosa Mohawk impulsa?

Unos toques en la puerta la sacaron de su lectura y, a regañadientes, fue a abrir. Armand había acudido a comprobar si Aiyana estaba confortable y a recoger el tique para la lavandería, aunque su razón secreta era que quería volver a verla, aunque fuese por un instante.

Mientras Aiyana fue al baño a por la bolsa de ropa sucia, dejó la puerta abierta de par en par y la carta sobre el mueble del pequeño recibidor. Al regresar, el recepcionista había desaparecido. Se asomó al pasillo, pero tampoco lo vio. Pensó que ella misma, al día siguiente, le entregaría la ropa al personal de planta. Cerró la puerta y volvió a la cama para proseguir con su lectura.

Se preguntará qué día fue el que todo giró. Pues aquel día de otoño que la vi junto a la fuente del Jardín Botánico de Montreal, acurrucada y sumida en un llanto amargo, orando a sus ancestros. Nunca olvidaré sus palabras:

¡A ti, agua sagrada que dio vida a mis ancestros, los Mohawk! ¡Te ruego me otorgues la fuerza para dejar de ser lo que soy hoy! ¡Deseo dejar de representar otras vidas que me son ajenas, para vivir la mía propia, y, si así lo determinan mis antepasados, regresar al seno de mi pueblo! ¡Déjame ver con transparencia y lucidez la llegada de ese momento tan anhelado! Y, por último, ¡te pido a ti, Kachina del Agua, luminosa diosa Mohawk, hagas fluir mis deseos hasta mi verdadero destino, y me sea devuelta la respuesta que alivie mi carga!

Tanto me conmovió su oración que la hice mía y apelando, a mi vez, a su Kachina del Agua, dejé fluir mi pluma sobre el papel escribiéndole esta carta y deseando de todo corazón que su deseo se cumpliera.

Con toda humildad le propongo, aunque sea por un breve instante, compartir su carga y ser su acompañante cuando dé los primeros pasos hacia su nueva vida. Esos son desde hoy los propósitos que guiarán mi existencia. Me pregunto si cuando haya terminado de leer esta carta, ¿se burlará?, ¿la tirará?

10, Rue Abel – 75012 Paris – France

—Mañana —se dijo—. Mañana iré a buscarlo. Si Armand no estuviera ocupado, le pediría que me acompañe, por si algo sale mal, no sentirme tan sola.

Llevada por este pensamiento, Aiyana llamó a la recepción con la intención de pedirle ayuda a Armand. Le contestó Yvonne, su sustituta. Esta le dijo que su compañero había tenido una urgencia y no regresaría al trabajo hasta el lunes. Eso la entristeció momentáneamente, aunque pensó que quizá era mejor así.

Eran las once de la mañana. Antes de salir del hotel, le preguntó a Claude si conocía la dirección que constaba en la carta y resultó estar cerca de allí, incluso podría ir paseando. Aunque nublado no amenazaba lluvia, y eso le aseguraba poder callejear a gusto, habida cuenta de que también necesitaba aplacar su nerviosismo antes de verse cara a cara con él. Compró un callejero, puso la carta doblada señalando la página que le interesaba e inició su andadura.

Sus pasos la llevaron a un edificio en el que solo había cinco timbres. Decidió llamar al único que tenía nombre: A. Sauvin. Contestaron enseguida. Al oír la voz, creyó conocerla, pero de inmediato descartó esa posibilidad al no conocer a nadie en la ciudad.

Pidió por favor que le abrieran para poder preguntar por alguien que posiblemente vivía allí. Se hizo el silencio en el interfono, aunque le abrieron sin mediar palabra. Se quedó a los pies de la escalera, dirigiendo su voz hacia arriba, a pesar de que no veía a nadie.

—¡Oiga! ¿Señor... señora... Sauvin? ¿Puede ayudarme por favor? Busco a un hombre de más o menos treinta años. Hace cinco viajó a Montreal. ¿Sabe usted si vive aquí alguien de esa edad? Esta es la única dirección que tengo.

Seguía mirando hacia arriba, esperando ver a alguien, hasta que le vio asomarse tímidamente.

—¿Eres tú? ¿Vives aquí? ¡Vaya casualidad! ¿Estás bien? Me ha dicho Yvonne que habías tenido una urgencia. Espero que no sea grave, de verdad. ¿Me puedes ayudar?

Mientras hablaba, subió con prisa los escalones que la separaban del segundo piso y se plantó ante él con la mirada ilusionada. Se dispuso a preguntarle de nuevo por la persona que buscaba, pero al ver la actitud de Armand, se calló. Estaba cabizbajo, tembloroso y asustado, plantado al lado de su puerta. Extrañamente, la misma emoción que lo atenazaba le hizo sacar fuerzas de flaqueza y la invitó a pasar.

Aiyana se dirigió directamente al sofá que se veía al fondo del apartamento, aunque no llegó a sentarse. Se quedó petrificada mirando el salón, luego empezó a girar como una peonza sobre sí misma, sin creer lo que estaba viendo.

Toda la casa estaba decorada con fotografías, dibujos, esculturas y algún que otro mueble artesanal de la tribu Mohawk... su propia tribu. Y lo más impresionante: a sus pies, una alfombra tejida a mano, en la que reconoció a la sagrada Kachina del Agua, que, desde hacía cinco años, era la destinataria de todas sus oraciones.

Él se había quedado en un rincón, temeroso de su reacción y dejándola que descubriera por sí misma lo que esa estancia le estaba revelando. Aiyana había caído de rodillas sobre la alfombra, acariciando la imagen de la deidad.

Lo comprendió todo, sintiendo en lo más profundo de sí misma que sus ancestros habían dado respuesta a sus oraciones guiándola hasta allí.

Conmovido por la emoción de Aiyana, Armand salió de su rincón:

—Levántate Aiyana —le dijo con ternura—, ya estás aquí. Sí, soy yo. Ayer, cuando fuiste a por el tique de la lavandería, vi claramente mi carta sobre el mueble del recibidor. Luego caí en la cuenta de que el día que llegaste, era esa misma carta la que leías, sentada en el sofá de la recepción, mientras esperabas tu llave. Al descubrir todo esto y después de cinco años deseando que, al menos, no la hubieras roto, la vi allí, tan cerca, y tuve miedo, mucho miedo. No pude soportarlo, me faltó el valor para descubrirme ante ti. Hui y lo siento. Tenía que encontrar la mejor forma de decirte que era yo el del Jardín Botánico de Montreal. Pero parece que tu Kachina del Agua lo ha dispuesto de otra manera, y así lo acepto. Debo confesarte que temo tu rechazo, quizá fui demasiado osado al escribirte, pero así lo sentí en lo más profundo de mi alma, y seguí el dictado de mi corazón.

—Armand —le dijo mientras se levantaba, apoyándose en la mano que él le tendía —, no te podría rechazar jamás. También mi alma dio un vuelco cuando recibí tu carta. Hiciste que me replanteara todas mis prioridades, e incluso me devolviste al seno de mi tribu y mi cultura. Entre mi pueblo he conseguido dejar atrás las drogas y mi vida de superficialidad. Y tras la oscuridad que he atravesado, me ha sido concedida la determinación necesaria para ir en busca de todo aquello con lo que poder cimentar una nueva existencia.

»Desde entonces, vivo en tierras Mohawk y hace apenas dos semanas, decidí por fin venir a buscarte. Sí, a buscarte a ti. Durante estos cinco años, he leído y releído tu carta hasta que, todas y cada una de tus palabras me han dado la fuerza necesaria para pedirte que me acompañes a atravesar, sin miedo, las brumas que alientan la vida. ¿Qué te dicta hoy tu corazón?

Un largo y tierno abrazo selló lo que Kachina del Agua quiso que fuera.

TIEMPOS REVUELTOS

Magdalena Carrillo Puig

MAGDALENA CARRILLO PUIG. Ha trabajado como maestra a lo largo de treinta años en Sóller, Mallorca y sigue colaborando activamente con la ONG Ensenyants Solidaris.

Amante del cuento y autora desde sus inicios en el grupo de Valencia Escribe. Ha participado en obras colectivas y en solitario ha publicado *Estelas de luz* en 2020 y *Enredadas* (2019).

Al sofá de cuero negro no le quedaban bien esos almohadones tan blancos, pensó la mujer mientras miraba el interior del hotel a través de las cristaleras El *pop art* murió con Andy Warhol hace ya mucho, se decía mientras exhalaba la última calada del cigarrillo virtual al tiempo que los sensores le abrían la puerta de la entrada. Situó las coordenadas en el móvil y accedió a la recepción. La decoración le recordaba una de aquellas primeras películas de Almodóvar.

Sin duda, el lugar había sido una buena elección. La proximidad a la estación permitía una buena vía de escape. A cualquier punto del mapa. Eso era lo de menos. Y desaparecer. Como una maga a punto de realizar su truco, se atusó la peluca, recolocó su gran mascarilla y se registró con la falsa documentación. Carecían de reconocimiento de identidad ocular. Sería más fácil de lo previsto. El implante de huellas dactilares funcionaba a la perfección. Únicamente llevaba su viejo maletín. Las violetas asistían impasibles desde su jarrón a la correcta puesta en escena.

El test rápido y la temperatura dieron negativo. La mujer tomó su código de apertura y se dirigió a la habitación. Le habían dado la deseada, junto a su objetivo.

Nada podía quedar al azar. Se tomaba en serio su trabajo y estaba muy satisfecha con él, le permitía conocer mundo y viajar con todos los gastos pagados, dietas y desplazamientos. Lo realizaba en cualquier continente, a pesar de las restricciones de movilidad, que para ella no significaban nada. Su destreza con los idiomas y el conocimiento de las últimas tecnologías facilitaban su quehacer. Además, por supuesto, de la suma final que percibía, nada desdeñable, por una labor bien realizada, limpia y perfecta. Encaje de bolillos, como se repetía siempre a sí misma, siguiendo un ritual ancestral. Hay que reconocer que no es tarea fácil convertirse en una sombra, un ser invisible, saber todos los detalles cotidianos de una vida, hasta aquellos que pasan desapercibidos para el resto de mortales; estudiar sus hábitos y reacciones, introducirse incluso en su mente, encajar todas las piezas y elegir el mejor momento para acabar con ella.

La ventana de la suite estaba herméticamente cerrada. Medidas de seguridad. El aparato de televisión pasado de moda hacía juego con el carácter del pequeño hotel. Todo muy *vintage*. Comprobó la ausencia de cámaras en la habitación y pasó al baño a modificar su indumentaria. Era muy fácil resultar sexy. La peluca ahora sería pelirroja y su atuendo, pequeño en exceso, casi mínimo y de color violeta. Abrió la puerta y se cercioró de que las cámaras del pasillo no captaran la puerta de su habitación ni la de su vecino.

Se acercaba el momento. El objetivo seguía usando el antiguo protocolo de citas internáuticas. Había interceptado la hora y el servicio, ella tendría simplemente que adelantarse. Se echó una última ojeada en el espejo del baño mientras se colocaba la gabardina sobre el atuendo picante e introdujo el sobrecito con la dosis adecuada en su bolsillo.

En la distopía en la que estaban sumidos, con un virus que acechaba tras cada esquina, la muerte no tenía ningún valor.

Llamó a la puerta contigua a la suya y él la recibió ya desnudo. Llegaba antes de lo esperado, pero el individuo no dijo nada. Así era, directo al grano tras una copa, sin cruzar ni una sola palabra. Ni nombres ni mentiras. Mientras el sujeto iba al baño, deslizó el contenido del sobre en la copa, recién servida. Brindaron y apenas hubo tiempo para nada más. Limpio y eficaz.

Se la terminó y tuvo un breve recuerdo para todas las mujeres víctimas, desde el principio de los tiempos, de la trata, de las mafias, de los puteros, de jefes explotadores, de sus maridos… ¡Por ellas!

Escribió un breve mensaje en su dispositivo: ¡Trabajo realizado con éxito! Y se dispuso a partir.

Para algunos individuos la COVID-19 ya no era necesaria, llegaba demasiado tarde.

LLANTO SORDO

María Codoñer Prieto

MARÍA CODOÑER PRIETO. Nacida en Valencia. Licenciada en Historia por la Universitat de València. Publicó *El mundo que nos queda*, su primera novela, en 2012. Desde entonces ha colaborado en diversas antologías de relatos: participó en el *llibret Recorreguts*, editado por la A. C. Falla Plaça de Jesús (2015); en *Grafomanías* (2017); *Te cuento* (2019); en *101 crímenes de Valencia*, Editorial Vinatea (2019); en *Femenino Plural* (2019); en *Relatos líquidos 2070*, para generación Bibliocafé, (2020). Actualmente forma parte del grupo literario *Grafomaníacas*.

La serenidad del hilo musical me recibe, he dejado a los grises atrás, paseando su funesta presencia por las calles. Por un momento pensé que lo sabían, que venían a por mí. Pero no, han pasado de largo al entrar en el hotel. La recepción huele a jacintos, lucen tersos y morados en un jarrón sobre el mostrador, el olor es intenso y me acomete un espasmo, tengo ganas de vomitar, pero respiro hondo, ahora no. La recepcionista sonríe al verme, una mujer joven, lo agradezco, qué tontería, pero siento que puede entenderme, aunque no me entiendo ni yo.

Me acerco despacio, escondo el temblor de mis manos en el bolsillo del abrigo. No me atrevo a quitarme las gafas de sol. Me asfixia la sensación de miles de ojos mirándome, todos lo saben, ojalá pudiese desaparecer. La mujer me mira expectante, pero yo casi no puedo hablar, la vergüenza y el miedo me paralizan. Lo adivina, mi turbación es más que suficiente. No debo de ser la primera. «Habitación 501, ¿verdad?» dice. Asiento. «Tranquila, espere ahí, ahora aviso». Voy donde me indica, las piernas me flaquean, me dejo caer en un sofá de terciopelo negro, algo desgastado, lo acaricio, su suavidad me incita al llanto, pero ahora no. Apoyo la espalda en uno de los cojines blancos, me duele. Me duele el alma.

Diez minutos después la recepcionista dice que ya puedo subir, último piso. El ascensor es tan estrecho que parece un ataúd. Me miro las manos, el esmalte ha saltado en algunas de mis uñas, no hay tiempo para arrancarlo, me gustaría irme, correr sin parar, hasta donde mis fuerzas alcancen. Pero ya no, demasiado tarde. El ascensor ha llegado al quinto piso, parece la entrada del infierno. Voy a quemarme por toda la eternidad. Ya huelo el azufre.

La puerta de la habitación me espera abierta. Aun así, golpeo con los nudillos antes de traspasar el umbral. El sonido del hilo musical se acaba aquí. Hay un silencio a gritos. De llantos mudos. Quiero irme. Pero mis pies se enraízan al suelo. Huele a desinfectante, a zotal mezclado con alcohol, lejía, no sé. Me escuecen los ojos, pero creo que es de la sal de mis lágrimas retenidas. Una mujer me recibe. Sonríe. Me toma del brazo, habla, veo moverse sus labios, pero no la escucho, solo un zumbido, mil abejas revolotean en mi oído.

Y él, había decidido olvidarle, no pensar, pero su recuerdo me asalta en ese instante, lo imagino a mi lado, entre el gozo y la repugnancia, sosteniendo mi brazo, forzado a esta situación que ninguno de los dos deseaba. No volveré a verlo, pero me gustaría que sintiese la incomodidad. Quisiera ver en sus ojos, aunque fuese, la repugnancia de la sordidez.

La mujer me da una pastilla, no sé lo que es, pero no pregunto. Sigo adelante, no hay marcha atrás, aunque quiera volar lejos. Me toma la mano para tranquilizarme, me avergüenza que pueda ver mis uñas descuidadas. Para apartarla de mí, abro el bolso y saco el dinero, lo dejo sobre la mesa, junto al televisor. Ella lo cuenta. Al instante aparece un hombre, viste elegante, con traje y corbata. El semblante serio. Eso me agrada. Lo prefiero así. Se quita la chaqueta, después la corbata y se desabrocha el primer botón de la camisa. La mujer se guarda el dinero y le ayuda a ponerse una bata. Me indica que me desnude de cintura para abajo. Me quito los zapatos despacio, los pantis, los doblo con cuidado, la falda, la dejo caer al suelo, me quedo en combinación, deslizo mis bragas por debajo, me resisto a quitármela, es una vergüenza añadida, lo miro suplicante. Me indica con la mano que me acerque. Un aire helado sube desde mis pies hasta el interior de mi entrepierna. «Túmbese en la cama y súbase la enagua», dice. Su voz es cálida. Eso me tranquiliza, solo un poco. Me tumbo bocarriba, las manos cruzadas sobre el pecho. Deseo hacer miles de preguntas, pero no puedo, no salen, solo quiero que llegue mañana, cuando todo haya pasado.

La mujer acerca a la cama un carrito, el brillo metálico del instrumental me aterra. Ahora sí, me incorporo, voy a marcharme, no quiero hacerlo. La mujer me retiene, me calma, «Todo va a ir bien» dice. Tranquila. Ea, ea, acuna la madre al bebé. Me acaricia el pelo. Vuelvo a tumbarme. Me tapo los ojos, no quiero ver nada. Ella me toma la otra mano, mientras el doctor mete sus manos entre mis piernas. El dolor me atraviesa, intenso, extenuante, ya ha sacado a mi hijo, a ese amasijo de carne que aún es mía, que no es nada, nadie todavía. Quiero llorar, ya ha terminado, pero no puedo, no sale. El doctor entra al baño a lavarse. La mujer recoge el instrumental. «Quédese aquí hasta mañana, como hemos acordado, no se vaya antes, repose, todo irá bien». ¿Y si me desangro? ¿Y si me duele? ¿Y si me muero? Quiero preguntar, pero callo por miedo a las respuestas.

Suena el teléfono. La mujer descuelga, «Rápido, tenemos que irnos, los grises» dice. Recogen con celeridad. Los miro, quiero irme con ellos. «Usted no se mueva, ¿ha traído la documentación que le pedimos?». Asiento. «Con eso estará segura, no pueden hacerle nada, todo está en regla». Salen de la habitación. Me quedo sola, con las preguntas atragantadas. Tengo frío. Me paraliza el miedo. Se escuchan voces en la calle. Me levanto despacio, los pies en la moqueta son de corcho, el dolor me atraviesa, sujeto mi vientre, como si lo acunara. Desde la ventana veo las vías del tren, arterias que transportan a lo desconocido, a los sueños, al anhelo de viajar, quizás lo haga. El doctor, lo veo salir del hotel, lleva un abrigo, el sombrero calado, corre hacia la estación, la mujer sale después, se escurre calle abajo, en dirección contraria, se pega a los edificios, desaparece. Los grises surgen, como hongos espontáneos, por la esquina de la calle, gritan, le dan el alto al hombre, corren tras él, parecen lobos detrás de una presa. El doctor corre por las vías, salta, el abrigo se agita como alas batiendo el aire. Lo acorralan. Las voces resuenan, suben hasta mi ventana, la presa no se detiene, disparan, corre, otra detonación y otra, le alcanzan por la espalda. Cae, suelto un grito, me asusto y cierro la ventana, como si pudiesen oírme. Tras el cristal veo al doctor caído sobre las traviesas del tren. Un puñado de curiosos se acercan con cautela. Los grises lo zarandean, aún está vivo, lo levantan, se escuchan las sirenas a lo lejos, vienen a llevárselo. Por un instante respiro aliviada, pensando que no ha muerto, después me entristece imaginar cuál será su futuro, lo que le espera, me pregunto si sería mejor que ya no respirase.

Me tumbo en la cama, en posición fetal, un feto dentro de otro feto, de otro feto, como una muñeca rusa, solo que ahora estoy vacía. Que no me pase nada, que no me desangre, que la infección no me lleve, que el karma pase de largo. Pienso si cuando el doctor se fue al baño a lavarse, se llevó mi entraña con él y la tiró por el váter. Desde la cama se ve la loza blanca e impoluta. Al fin salen las lágrimas.

LA HERENCIA

Mary Carmen Delgado Barranquero

MARY CARMEN DELGADO BARRANQUERO. Licenciada en ADE. Es una apasionada de la lectura y de la escritura. Su mezcla de tesón, constancia y talento ecléctico la llevaron a la publicación de la popular saga *Las aventuras de las can y sus amigos*, recorriendo con ello gran parte de la geografía española entre presentaciones, charlas y conferencias. También es la creadora de la colección infantil *Azulín Azulán, Cómo nacieron las Estrellas de Mar* y *No dejes de Soñar*, historia de cómo Palmerín se convirtió en la mascota oficial del Real Betis, publicada por el Real Betis Balompié. Ha participado en títulos como *Lo pequeño es grande, Mujeres pintoras* y *Mujeres y trabajo* de la antología *VisiBiliz-ARTE*, además de haber quedado finalista en varios concursos literarios.

Si quieres saber más sobre ella solo tienes que visitar la página: lasaventurasdelascan.blogspot.com

También puedes encontrarla en Instagram, Facebook, Twitter y en su canal de youtube: Mary Carmen Delgado Barranquero.

Siempre me ha fascinado la historia. Creo que me viene de familia. Mi abuela era profesora de Geografía e Historia. Desde pequeña me sentaba en sus robustas piernas, me arropaba entre sus cálidos brazos, y me contaba miles de anécdotas, entre ellas cómo había vivido el año 2020, tras la llegada de un virus conocido como el COVID-19. Me hablaba de pandemia, confinamiento, cambios en los hábitos, la forma de trabajar, crisis sanitaria y económica. Todo esto la cogió ya mayor, con edad para jubilarse. El abuelo le reprochaba que no lo hubiera hecho, pudiendo haber evitado tanto trabajo organizativo y tecnológico desde casa, generación a la que no pertenecía, además de riesgo innecesario, pero la abuela siempre le respondía con una misma frase: «Aunque me jubile, seguiré siendo profesora, y ¿cómo hacerlo en un momento que formará parte de la Historia? Precisamente mi materia. Tengo la oportunidad de vivirla para contarla».

Mis abuelos, afortunadamente, fueron supervivientes a esos tiempos, pero no tuvieron tanta suerte muchas otras personas o negocios. Unos se vieron afectados por su salud, mientras que los segundos cerraron a consecuencia de la crisis económica que sobrevino. Muchas empresas adelantaron años en tecnología, a través del teletrabajo, lo que implicó la pérdida de muchos puestos laborales. Se crearon ocupaciones alternativas, la mayoría digitales y de distribución. El sector hostelero y hotelero también se vio implicado, ya que el turismo mermó. Pudieron continuar los gigantes, mientras que los pequeños negocios se vieron abocados a cerrar.

A pesar de que siempre recordaré la historia a través de mi abuela, como integrante de mi vida, pues cada minuto que respiramos forma parte de ella, decidí cultivar talentos como la escritura, comunicación audiovisual, traducción e interpretación y marketing digital. Después de todo, se supone que mi generación era «la tecnológica». Hace años, empecé a llevar cuentas, fundamentalmente de hostelería, en redes sociales. Vivo en una ciudad muy turística, con un casco antiguo muy visitado. Ante la creciente demanda de mis servicios en los negocios céntricos, decidí mudarme a dicha zona para ser más eficiente y ahorrar costes. Hasta el momento, me había desplazado en tren. El problema era fundamentalmente económico. Dicha ubicación estaba por las nubes, aunque donde yo habitaba también tenía una alta cotización. Siempre me he caracterizado por ser muy impulsiva, e hice honor a ello. Me surgió la oportunidad de vender mi casa de las afueras y no la desaproveché. Cuando me di cuenta, me encontré sin hogar, acompañada de mi fiel Fieri, mi cariñoso gato siamés, con mucho dinero en la cuenta corriente, pero sin ninguna vivienda disponible en el centro de la ciudad, por lo que no me quedó otro remedio que alquilar un extravagante *loft*.

Cierto día, fui a hacer una gestión al banco, algo inusual, pues la banca se había impersonalizado, habiéndose convertido prácticamente online. Durante la conversación planteé mi problema, y cuál fue mi sorpresa al descubrir que, en su web de inmuebles embargados, había disponible un pequeño y antiguo hotel céntrico, justo al lado de la estación que yo solía transitar. Al principio mostré reticencia, pero, ¿qué iba a perder por visitarlo?

Jamás olvidaré la primera impresión al verlo. El comercial de la inmobiliaria que me escoltaba para enseñármelo no sabía dónde meterse, aunque llevaba la lección histórica bien aprendida sobre lo que había llegado a significar dicho hotel. Por su aspecto, debieron cerrarlo durante la famosa pandemia de la que tanto me hablaba mi abuela. Tenía fuertes olores combinando humedades y husillos; sin embargo, la fachada seguía mostrando apariencia señorial. En la recepción había un oscuro, viejo, abandonado y demacrado sofá adornado con mohosos cojines que parecían ser quesos roquefort por la verdina que habían acumulado, acompañado de una pequeña mesa decorada con un sucio y polvoriento jarrón que aún contenía flores secas. Disponía de pocas habitaciones con sus respectivos aseos, que conservaban aún los televisores y teléfonos de aquella época.

Como ya he dicho, soy impulsiva, y algo en mi interior me llamaba a invertir en él, claro que no por el precio que me ofrecían. Lucharía por el último céntimo hasta conseguir una cifra adecuada que me permitiera reformar y convertir el hotel en una gran mansión con una gran biblioteca. A pesar de que también había caído el consumo de los libros físicos, yo seguía siendo una de las pocas románticas, adaptadas al futuro, enamorada del olor a papel.

En cuanto lo adquirí, abandoné el *loft*. Aunque las condiciones del mismo no eran las más adecuadas, mi deseo por habitarlo era superior a mi voluntad. Además, de esa forma me ahorraba el alto coste por alquiler. El que parecía no estar muy conforme era mi Fieri, acostumbrado a su cálido y lujoso rincón. Acondicioné una de las habitaciones, la vieja cocina y la supuesta lavandería, para ir adaptándolo posteriormente, poco a poco. Me rondaba por la cabeza convertir parte en alojamiento turístico, idea que se había puesto en boga y que me permitiría tener un sobresueldo. Realicé inventario con los televisores y teléfonos inservibles. Contacté con un *Cash Converter*. Con suerte podría sacar algo por ellos. Toda ayuda sería poca, pero al parecer, eran tan viejos que los consideraban una antigualla, por lo que no me quedaba otra que acudir a una casa de antigüedades.

El día había sido muy largo. Pensé en dejarlo para la mañana siguiente. Al ir a la cama, no me esperaba mi Fieri, algo inusual. Lo llamé, pero no respondía. Me arropé con una manta y fui en su busca. La noche, de por sí, daba miedo, con intensas lluvias, truenos y relámpagos, sin contar que el resto de partes del hotel seguían sin acondicionar. Al llegar a la recepción, allí estaba él, plácidamente tumbado en el viejo sofá negro, jugando con los ovillos de los cojines, que con tanto mimo había desgarrado. Al intentar acurrucarlo, me rocé con un pincho de la flor seca, y cayó una gota de sangre sobre ella. En ese instante uno de los temibles rayos debió alcanzar las instalaciones eléctricas, pues hubo un apagón. Menos mal que siempre llevo a mano mi móvil, aunque tenía poca batería. Al encender la linterna me pareció ver que las flores secas se habían convertido en un precioso y aromático ramo violeta, y que el sofá lucía como nuevo adornado con hermosos cojines blancos. La luz se iba disipando, por lo que agarré a Fieri y subí rápidamente a la habitación con la intención de conectar el móvil, sin recordar que se había ido la luz. Al acostarme, acaricié a mi mascota, y descubrí que llevaba algo pegado al cuello, una especie de pergamino. Lo aparté para leerlo cuando me fuera posible.

¡Riiin, riiin! sonó el teléfono.

Lo cogí, pero mi móvil se había quedado sin batería y el sonido continuaba. Descorrí la cortina de la ventana para que entrara la poca luz procedente de la luna que acababa de asomar en esa oscura noche y pude comprobar que el sonido procedía del viejo teléfono de la habitación. Me quedé paralizada sin saber si debía descolgarlo. Si estaba desenchufado, ¿cómo podía tener línea y estar operativo? Finalmente opté por hacerlo.

—¿Dígame?

—Señorita, la espera en recepción Clara Campoamor —habló finamente una voz.

Mi corazón palpitaba a toda velocidad. ¿Qué estaba pasando? En ese instante regresó la luz. Conecté mi móvil, aunque sabía que faltaba un tiempo para que volviera a funcionar. Pensé que todo había sido producto de mi imaginación. Me acomodé bajo las sábanas.

¡Riiin, riiin! volvió a sonar el teléfono.

Imaginé que igual estaba enchufado y, coincidiendo con la vuelta de la electricidad, se había cruzado alguna llamada. Lo cogí de nuevo.

—¿Dígame?

—Rosa Parks, Simone de Beauvoir y Marie Curie aguardan en recepción —me comunicó la misma voz en francés.

—Dígales que ya bajo —pronuncié sin pensar en el mismo idioma, gracias a una de mis carreras.

Al colgar comprendí lo que acababa de suceder. ¿Cómo que ya bajo? ¿Qué estoy haciendo? Mi primera intención fue coger mi móvil para llamar, pero seguía sin funcionar. Me armé de valor y descendí las escaleras cortejada por mi Fieri. Al alcanzar la recepción comprendí que debía tratarse de una broma. Allí no había nadie. El habitáculo se mantenía en las mismas condiciones. Regresé a mi dormitorio, aunque en esta ocasión lo hice sola. Fieri prefirió permanecer sobre el viejo sofá. Al salir del baño, me acosté y apagué la luz. Volvió a sonar el teléfono.

¡Riiin, riiin!

—¡Basta de bromas, por favor! —exclamé al descolgarlo.

En esta ocasión no se escuchó ninguna voz, sino el timbre al colgar. Me sorprendió un destello en la habitación. Era el televisor. Acababa de encenderse. ¿Cómo podía ser si tampoco estaba enchufado? Mi corazón palpitaba a mil por hora. Junto a mi respiración escuché una melodía y risas que procedían del aparato. Dentro se proyectaba la imagen de la recepción, pero no como yo la había conocido, sino en lo que debiera ser momentos de esplendor para el hotel. El negro sofá lucía radiante en contraste con los bellos cojines blancos a juego con la mesita decorada con un jarrón que contenía un precioso ramo de violetas. En pie permanecían multitud de mujeres saludándose. Entre ellas, pude reconocer a Amelia Earhart con su traje condecorado de aviación, Virginia Woolf, que no paraba de firmar autógrafos, la inconfundible Frida Kahlo… La estación cercana al hotel no dejaba de zumbar con la llegada de trenes. ¿Cómo podía ser que siguiera funcionando a esas altas horas? Y la recepción no paraba de acoger personas, en su mayoría mujeres, que parecían celebrar algo. Pero lo más sorprendente fue verme yo, vestida de otra época, sentada en el sofá mientras acariciaba a mi Fieri. Me pellizqué pensando que debía haberme dormido y estaba soñando, pero el dolor me hizo rechazar dicha idea. Al incorporarme, cayó algo al suelo. Era el pergamino que momentos antes llevaba mi gato pegado. Lo cogí para leerlo:

Querida, no te asustes con lo que estás viendo. Este pergamino, que portará mi gato, te lo explicará todo.

—¿Su gato? ¡Si es mi gato! ¿Por qué lo está acariciando alguien que se parece a mí? —pensé, y continué leyendo:

Seguro que te habrá extrañado lo de mi gato. Realmente es la mascota de nuestra familia. ¿Pensabas que lo de las siete vidas no era real? Tú eres de mi sangre, él se ha preocupado por encontrarte y traerte aquí, a tu hogar, como muestra el ramo de violetas cuyo significado es familia. El hotel ha ido pasando de generación en generación. Puede que la última no tuviera descendencia, por lo que Fieri se ha ocupado en buscarte, a través de otra rama. Él no podía mostrártelo antes hasta comprobar que realmente llevas nuestra sangre. Al pincharte y sangrar se ha verificado. Yo soy la persona que ves en la pantalla, acariciándolo. Nuestro hotel ha dado cobijo a todas las mujeres que lo han necesitado. Por eso, el día ocho de marzo, Día Internacional de la Mujer, grandes personalidades se dan encuentro aquí para celebrarlo. Solo lo pueden ver personas de nuestra línea sanguínea. Sé que estarás a la altura. Esta es nuestra herencia.

Al terminar de leerlo, respiré profundo. Volví a bajar por las escaleras, y allí estaban todas esas grandes mujeres charlando y celebrando sus logros. Fue maravilloso.

Esta experiencia me hizo cambiar mis planes futuros. Decidí restaurar el hotel y volverlo a abrir, respetando todos los detalles que había visto aquella noche, con una excepción: creé una gran biblioteca. Además, una web donde mostraba las historias que escribían los huéspedes y que luego dejaba plasmadas en un gran libro custodiado en un atril dentro de mi famosa biblioteca: La herencia, así la llamé, como a mi pequeño hotel. Se hizo viral. Todo el mundo quería hospedarse, al menos una noche, para dejar escrita su historia, porque mediante la web, todos podían leerlas, pero solo mis huéspedes podían escribirlas.

¿Te atreves a pasar una noche aquí y escribir tu historia?

UNA HABITACIÓN SIN VISTAS

Susana Gisbert Grifo

SUSANA GISBERT GRIFO. Escritora y fiscal.

Ha publicado varios libros en solitario: *Descontando hasta cinco* y *No me obligues* (novela), *Caratrista* (infantil/juvenil), *Mar de lija* y *Remos de plomo* (antologías de relatos) y *Balanza de género*. Ganadora de premios como el Beatriu Civera (Ayto de Valencia), Vila de Mislata o Carolina Planells en dos ediciones. Pertenece a colectivos como Generación Bibliocafé y Valencia Escribe, con los que ha participado en varias antologías, al igual que con la Editorial Vinatea.

—Necesito una habitación sin ventana.

—Lo siento, señora. No tenemos habitaciones sin ventanas. Teníamos, pero la normativa *covid* nos obligó a clausurarlas.

—Pues la necesito. Es importante.

La mujer se retorcía las manos con nerviosismo. Se movía tanto en todas direcciones, que a punto estuvo de tirar al suelo el pequeño jarrón con flores de plástico de color violeta. Las flores, que tiempo atrás le encantaban, ahora le traían demasiados recuerdos y demasiado dolor. Aunque fueran de plástico y de color violeta.

—¿No puede darse prisa?

Se la veía muy preocupada. Se sentó en el sofá de recepción, un sofá negro de imitación de piel que había conocido mejores épocas. Apretaba entre sus manos uno de los cojines blancos, mirando sus numerosas manchas como si pudiera leer en ellas su futuro.

—Acabo de consultarlo con Dirección —le dijo la recepcionista— y creo que hemos encontrado la solución.

—¿Una habitación sin ventana?

—Más bien una habitación sin vistas. Hemos escogido la que tenía la ventana más pequeña y la taparemos por fuera de modo que nadie pueda ver en su interior. Por supuesto, tampoco se podrá ver el exterior. Y es una pena, porque daba a la puerta lateral de la estación y es bonito ver el trasiego de viajeros desde tan cerca. Aunque siempre puede entretenerse con la tele. Es vieja, pero funciona de maravilla. Ya no hacen aparatos como aquellos.

—Perfecto, perfecto. ¿Me da ya las llaves, por favor?

—Aquí están —dijo, tendiéndole una tarjeta perforada—. Habitación 323.

Le costó un par de intentos lograr que la tarjeta encajara en la ranura para abrir la puerta. Las manos le temblaban cada vez más. Una vez dentro, revisó de un vistazo rápido todas las esquinas de la sobria habitación y respiró hondo. Todo en orden.

Descolgó el teléfono para impedir cualquier llamada, y puso en marcha la televisión. Las ofertas de la teletienda se sucedían una tras otra sin lograr captar su atención. Era justo lo que necesitaba, un mero ruido de fondo para acompañarla.

Comprobó que la ventana estaba condenada y se tranquilizó un poco. Sentada en el borde de la cama, se dispuso a organizar toda la parafernalia para su misión secreta.

Lo tenía todo. Aquellas pastillas eran las adecuadas. Le había costado bastante conseguir la receta y todavía más que se las trajeran a la farmacia de la otra punta de la ciudad, pero ahí estaban. El plástico metalizado que las envolvía individualmente reflejaba la luz de la lamparilla de la habitación y le hacía guiños. Había llegado el momento.

Sacó su neceser y se maquilló con cuidado en el cuarto de baño. La luz no era muy buena, pero consiguió buenos resultados. Se veía guapa. Se cepilló el pelo con energía y volvió al borde de la cama, donde había dispuesto todo para la función. La última función.

Se entretuvo imaginando cómo se sentiría él cuando lo supiera, cuánto lloraría por haberla tratado tan mal y cuánto se arrepentiría de cada una de las palizas, de cada uno de los insultos, de cada uno de los golpes. Lo vio yendo a su entierro, cabizbajo y entre lágrimas, con un enorme ramo de flores como los que usaba para zanjar cualquier situación. Incluso se relamió y saboreó el gusto de la venganza. Un gusto acre, mucho menos agradable de lo que había pensado. Permaneció un rato sin pensar en nada, con la vista fija en el teléfono, y al final se decidió.

—¿Recepción?

—Dígame.

—Le llamo desde la habitación 323.

—¿Está todo a su gusto, señora?

—Bueno... sí. Pero he cambiado de idea. Quiero cambiar de habitación. ¿Es eso posible? Le compensaré por las molestias, por supuesto.

—Ha tenido suerte. Este es un hotel pequeño, pero todavía disponemos de algunas habitaciones libres. ¿Cómo la quiere?

—Una habitación con vistas, por favor.

En cuanto entró a su nueva habitación, abrió la ventana y sacó la cabeza, respirando hondo. Entonces, cogió los envases de la farmacia que hacía un rato le habían hecho guiños, y los arrojó con fuerza.

El sonido que causaron al estamparse contra el suelo fue la melodía de inicio de su nueva vida.

UNA VENTANA ABIERTA AL AMOR

Teresa López López

TERESA LÓPEZ LÓPEZ. Diplomada en Magisterio de Educación Primaria y especialista de Inglés. La escritura, el teatro y la música son pasiones a las que su razón obedece, además de viajar y conocer otras culturas.

Ha escrito y dirigido obras de teatro en centros de educación primaria, así como ha coordinado el proyecto de innovación educativa *El teatre a les aules*.

Como actriz ha dado sus primeros pasos después de formarse durante tres años en la escuela municipal de teatro del Puerto de Sagunto y en la escuela de teatro Camí de Nora.

Asimismo, ha participado en antologías de relatos como *Grafomanías, Ultravioleta, Más que noticias, 101 crímenes de Valencia, VisiBiliz-ARTE I, VisiBiliz-ARTE II* y *Relatos líquidos*.

Actualmente trabaja en su primera novela y forma parte del grupo literario *Grafomaníacas*.

La llaman la chica.

«No te preocupes, el lunes vendrá la chica. Deja eso para mañana, la chica se encargará de hacerlo».

Ella no habla demasiado, solo trabaja, quiere acabar pronto con las camas, ropa, suelo, cristales, baños, cocina, pasillos, terraza, lámparas, vajilla; por fin termina y se dirige hacia su lugar favorito. La estantería huele a roble y a papel lleno de letras, palabras, historias. Hoy uno de los libros sobresale más que los demás, con sigilo, lo rescata y empieza a ojearlo.

—Platón, *El banquete*. Mmm… lo leeré de nuevo.

Deja la casa con Platón dentro del bolso y se apresura hacia el hotel del centro que limpia los fines de semana.

—Idalia, ya estás aquí, hoy llegas antes —dice el recepcionista, intentando conectar sus ojos sonrientes con los de la chica.

Ella apenas le mira, saca el libro y lo sujeta con fuerza contra su pecho, respirando todavía de forma acelerada.

—Antonio, ¿podrías hacerme un favor?

—Claro, dime —responde casi antes de que la joven acabe su frase.

—¿Me podrías dejar una habitación antes de que empiece mi turno?

—No me permiten hacer tal cosa, aunque… por ti, lo que sea —responde dejando escapar una corta carcajada al mismo tiempo que su mejilla izquierda empieza a moverse.

Ella lo observa, nota su nerviosismo y el tic de su mejilla le resulta gracioso. Sonríe y por unos instantes, se asoma a sus ojos verdes y grandes, abiertos detrás de esas enormes gafas de pasta negra.

—Muchas gracias, Antonio —agradece la chica regalando un beso amistoso al joven.

El recepcionista, sorprendido, se sonroja.

—Deja que compruebe qué habitaciones quedan libres. —Apresurado, se aleja, busca rebajar la pasión que la chica despertó en él desde el primer día que empezó a trabajar en el hotel.

Idalia aprovecha para descansar en el sofá, arrinconado al lado de la puerta de la entrada. Juega con los cojines blancos que destacan entre el tapizado de terciopelo negro. Se divierte cubriendo los agujeritos que muestran vestigios de un estampado floral.

Cuando Antonio sale, la encuentra azotando el viejo sofá con los cojines, siguiendo una especie de ritmo repetitivo, algo así: tam, tam, taaam, tam tam, taaam...

La chica detiene el concierto y se acerca al muchacho para recoger la tarjeta-llave.

—Muchas gracias, Antonio, la 15, una habitación sola para mí con vistas a...

—Las vistas no son muy buenas, ya lo sabes, a no ser que te gusten los trenes.

—¡Gracias, me encantan los trenes! —exclama Idalia, y propina un abrazo breve e impulsivo al chico.

Antonio sonríe y muestra sus dientes grandes, resplandecientes y perfectos. La joven observa su boca, de la que nunca había estado tan cerca y, dedicándole una de sus mejores, aunque no tan perfectas, sonrisas, se despide y se dirige hacia la escalera.

Llega a la habitación. Entra y deja bolso y libro encima de la cama, extiende su cuerpo joven y largo encima de la colcha blanca horchata, desde donde divisa una pequeña televisión colgada de la pared.

Idalia cursa Filosofía en la Universidad. Dejó su diminuto pueblo cinco meses atrás y se instaló en la ciudad, compaginando sus estudios con el trabajo que le permite pagar un piso compartido con otra estudiante.

Idalia sueña con llegar a ser una profesora de Filosofía y escribir grandiosas obras de teatro, afición que comparte con su amigo Platón: teatro, filosofía y diálogos.

El aseo está limpio, aunque un hedor desagradable la obliga a salir rápidamente. Es entonces cuando descubre la única ventana que posee la habitación. Estrecha y alta, de madera oscura, antigua, bastante cuidada, con dos travesaños que dividen cada hoja en dos, formando un pequeño cuadrado en la parte superior, seguido de un rectángulo vertical. El vidrio es la única parte nueva de tan señorial ventana. La abre, una brisa suave, seguida de un sol en la posición más cercana al cenit acarician el rostro de la joven.

—Mira, amigo mío, un ático sin terraza con una ventana que invita a soñar.

A Idalia le apasionan las ventanas desde las que escribe y lee manteniendo conversaciones con autores y personajes de toda clase de libros. Ha creado su propio estilo socrático: ella es quien pregunta, contesta y plantea posibilidades, cocinando para cada uno de sus banquetes pensamientos de diferentes épocas con los que prepara platos suculentos de sabiduría e ignorancia.

Sentada en el alféizar, apoyando su espalda en el pilar que refugia la ventana, halla su imagen reflejada en el doble cristal de uno de los ventanales. Con el libro entre sus manos, una libreta y un bolígrafo enganchado en el cabello, se dispone a escuchar, a dejar que el autor hable, que le aclare por qué ha llegado a sus manos. Abre el libro y comienza a leer. Minutos más tarde detiene su lectura y habla:

—Una ventana es una apertura al mundo, a la realidad, al momento, al amor… Hagamos otro elogio del amor, como el que tú escribiste, querido Platón. A veces me planteo si yo seré de esa tercera clase de seres de los que habló Aristófanes, humanos que no fueron divididos en dos por Zeus y esa es la razón por la que no siento la necesidad de buscar otra mitad. ¿O si la busco?

—No lo creo —se contesta Idalia mientras frota su ombligo—, te está empezando a gustar Antonio, eso quiere decir que tú también eres un ser humano más, vamos, del montón, buscas fusionar tu cuerpo con otro además de conversar.

—Puede que haya encontrado mi media naranja, mi alma gemela, mi otra mitad.

—¿Quién sabe? Quizá sea solo un joven a quien le gusta otra joven y los dos queráis experimentar el mismo deseo, podría ser la única razón, ¿verdad, Sócrates? ¿O Diotima? Tú, mujer, conversaste con él sobre el amor. Entonces, esto que siento podría ser amor, con sus más y sus menos, con su forma más bella y más fea, con ese punto intermedio que a veces asusta y te hace temblar, mostrando la realidad, la virtud, la creación de belleza, la belleza en sí. O puede que simplemente sea un amor joven al que le seguirán más… aunque también podría tratarse de un amor eterno, ¿no es eso lo que realmente buscamos cuando Cupido nos atraviesa con su flecha?

Idalia desengancha el boli de su pelo, abre las páginas en blanco y se dispone a escribir dirigiendo su atención a la calle por unos instantes.

—Comencemos con este tributo al amor partiendo de personas anónimas que hoy ceden sus vidas sin saberlo:

Un hombre y un segundo hombre acaban de salir de dos taxis diferentes, cada uno arrastra una maleta, se acercan poco a poco el uno al otro, unen sus labios. La mujer que pasea el carrito de bebé los mira, su acompañante la agarra del antebrazo intentando separarla de la tierna escena. Es ahora cuando me cuestiono de nuevo si el ser humano es bueno por naturaleza y la sociedad se encarga de colmarnos de crueldad, de moralidad. ¿Por qué la señora del bebé admira la escena de dos hombres que se funden en un beso y al señor del bigote parece molestarle? ¿Es el hombre un lobo para el hombre, según anunció Hobbes o, por el contrario, el ser humano es bueno y empático, un buen salvaje como planteó Rousseau, y se hace malo por culpa de las instituciones sociales? ¿Por qué estaba bien visto que surgiera el amor entre dos personas del mismo género en la antigua Grecia y hoy en día todavía existe gente que no lo ve natural?

—Romanticismo, ternura, amor, moralidad, una historia más —prosigue, emocionada, volviendo a su reflejo en el vidrio, dejándose llevar por la magia que poseen las ventanas junto a una estación de tren.

El muchacho de la chaqueta naranja con franjas blancas barre la calle; dos mujeres cogidas de la mano se sientan en un banco, al lado de otra pareja; una mujer y un hombre, discutiendo sobre algún tema que les hace reír, de vez en cuando dejan de hablar y unen sus bocas. La señora acuna al bebé en sus brazos, el hombre se acerca a ellos y los abraza, percibo cariño en la microescena. Puede que todos ellos estén aquí hoy porque son viajeros del mismo tren, quizá hayan compartido vagón en alguna ocasión; sin embargo, nadie conoce a nadie, estamos demasiado ocupados conociendo vidas lejanas a las nuestras. ¿Qué pasaría si el mundo tal y como lo conocemos dejara de existir? Imaginemos que el globo se parte en millones de pequeños mundos y en uno de ellos se encuentra este grupo de gente al que ahora mismo estoy dedicando estos pensamientos. Si llegaran a conocerse mejor, si se vieran obligados a interactuar entre ellos, ¿podría el señor homófobo llegar a ser amigo de la pareja de hombres y de la pareja de mujeres? ¿Dejaríamos de juzgarnos? ¿Florecería el amor en su forma más pura? ¿Cualquier unión se consideraría digna de belleza?

La chica cierra la libreta y deja colgar sus piernas al exterior de la ventana, estira su tronco elevando brazos y manos por encima de la cabeza, cierra los ojos, respira hondo.

—¡Cuidado! Te vas a caer, entra en la habitación, ¡no hagas ninguna tontería! —grita el señor del bigote.

El barrendero, desgañitándose, advierte a la chica que se meta en la habitación:

—¡No saltes!

Idalia, ajena al revuelo que se está montando en la calle, reacciona al escuchar el teléfono que suena encima de la mesilla de noche. Mira hacia la calle y divisa un grupo de cabezas del *minimundo* que acaba de crear, unidas, intentando evitar un salto al vacío, el suyo. Se da por aludida y escurre su cuerpo dentro de la habitación. El teléfono ha dejado de sonar y la puerta de la habitación se abre.

—Idalia, ¿estás bien? Estás aquí, no has saltado —pronuncia Antonio, aliviado.

—Sí, sí, claro que estoy bien —responde Idalia fingiendo no saber nada sobre su propio supuesto suicidio.

—Ha entrado un señor a decirme que había una chica que parecía querer saltar desde una ventana, que no respondía a los gritos. Me he asustado mucho, no sabes cuánto.

—¿Un señor con bigote amarillento?

—Sí, ese mismo.

—El ser humano es bueno, Antonio, es bueno, no te preocupes, ha sido un malentendido.

Antonio no entiende nada, aunque respira aliviado.

—¿Cuándo acaba tu turno? — pregunta Idalia.

—A las ocho.

—Iré a la manifestación y me gustaría ir contigo.

—Vale —dice el chico sorprendido.

—¿Te puedo pedir otro favor?

—Claro.

—¿Podemos llevarnos algunas de esas flores violetas que hay en recepción?

—Nos llevamos todas las que quieras.

Los jóvenes acuden horas más tarde a su cita, 8 de marzo de 2020 a las ocho de la tarde, y salen a la calle. El amor que siente Antonio por Idalia, ese amor que vivía en secreto, ha empezado a manifestarse y desea vivirlo. Su amor platónico comienza a adoptar otra temperatura, lo siente posible y ha pasado a desear el cuerpo de la chica, además de su mente y su alma.

Antonio engancha una flor en el esponjoso moño pelirrojo de Idalia, la joven ata otra de las flores moradas con los cordones de la sudadera del chico, dejando así que repose en su pecho. Salen a la calle con unas ganas inmensas de comerse el mundo. Gritan: «Si es amor, no duele». Se besan por primera vez.

El Día Internacional de la Mujer sella sus primeros pasos juntos y los dos deciden declararlo «Día del Amor».

Se despiden, quedando para una segunda cita cuando Idalia vuelva de visitar a sus padres. Lo que la pareja de enamorados no sabe todavía es que la chica va a tardar dos meses en lugar de diez días en volver y que el mundo tal y como lo conocemos va a cambiar.

AGRADECIMIENTOS

Nos gustaría agradecer, en primer lugar, a todas las autoras y autores que nos han enviado sus relatos, tanto los que aparecen en este libro como los que no han sido, finalmente, elegidos. Hemos aprendido con cada raya, coma y punto, con cada palabra escrita por sus ágiles plumas, bolígrafos o procesadores de textos.

Gracias también a los responsables de las restricciones sanitarias, ya que, debido al cierre de bares y gimnasios, hemos tenido tiempo de leer, editar, corregir, reflejar observaciones, escribir a las autoras y autores, intercambiar ideas y opiniones y, finalmente, maquetar este libro que tienes en tus manos.

Gracias, sobre todo, a las mujeres que nos rodean, que nos inspiran y nos regalan sus historias para que las contemos.

Gracias a las personas que nos animan a seguir escribiendo, a hacer realidad nuestros sueños, a querer ser mejores y, sobre todo, nos impulsan a luchar por nuestros ideales.

ÍNDICE

Este libro se terminó de imprimir
en marzo de 2021.